前向け！前

小山すみれ

文芸社

目次

家系図

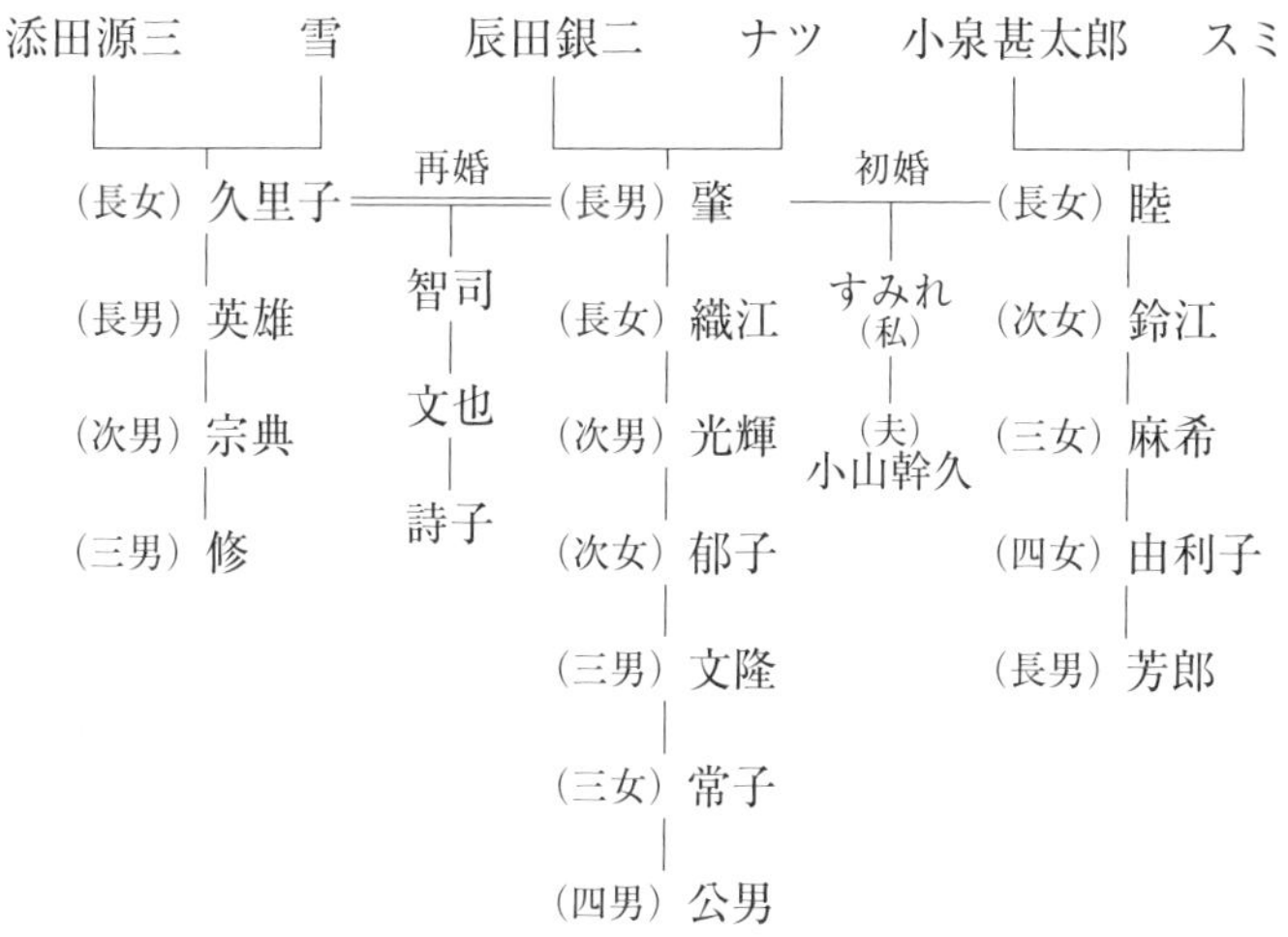
添田源三
雪
辰田銀二
ナツ
小泉甚太郎
スミ
（長女）久里子
再婚
（長男）肇
初婚
（長女）睦
（長男）英雄
（次男）宗典
（三男）修
智司
文也
詩子
（長女）織江
（次男）光輝
（次女）郁子
（三男）文隆
（三女）常子
（四男）公男
すみれ
（私）
（夫）
小山幹久
（次女）鈴江
（三女）麻希
（四女）由利子
（長男）芳郎

瓦煎餅《せんべい》の宝屋

私の祖父、辰田銀二は、千葉県千倉出身で次男坊である。

実家は漁師だが、長男が跡を継いだ。田畑もなく、銀二は家を出た。千葉の和菓子屋で瓦煎餅作りを仕込まれて、瓦煎餅職人として修業したのだ。亀の子煎餅・紫蘇煎餅・味噌煎餅、その他と、機械を使っていろいろ焼けるようになり、一本立ちすることになった。千葉県安房郡生まれの「ナツ」と見合い結婚をして、東京下町の深川で「宝屋」という屋号で瓦煎餅屋を始めた。大正四年のことである。

千葉の親戚から、口減らしの意味もあって頼まれ、若い小僧さんを丁稚奉公として雇い入れた。その頃の丁稚は給料も小遣いもなく、その代わり雇い主は食べさせてやり、お仕着せの服を与えた。盆と正月には多少の金銭を持たせて、田舎へ帰郷させながら丁稚を育て上げていくのだ。

祖父母が店を構えた翌年、大正五年七月三十日に私の父である長男「肇」が誕生した。

大正十二年四月、肇は小学校一年生になり、家から一キロほど歩いた先の数矢小学校に入学した。

夏休みに入ると、肇は銀二の実家で夏休みの半分を過ごし、残りの半分はナツの海の近くの実家で過ごし、しだいに伝馬船を漕ぐのが上手になっていた。

二学期が近づくと、父・銀二が迎えに来て深川へ連れ帰った。

宝屋では、肇の兄弟が増えて、うまいことに女、男と交互に生まれ、肇七歳、妹織江五歳、光輝三歳、郁子と次々と育った。

大正十二年九月一日、十一時五十分、関東大震災が起こった。

銀二は家長でありながら、一番に外へ飛び出した。妻のナツや子供たちは家に取り残されたが、幸い難を逃れることができた。

浅草方面から火の手が上がり、炎が近づき、近くの越中島まで火が迫ってきたので、大八車に家具を括りつけ、隅田川の橋を渡り、火の手から遠ざかるように走った。深川を離れる時、瓦煎餅の機械は土の中に埋めて消失を防いだ。

前方の本郷方面には火の手がないので、本郷に向かった。

本郷で、しばらくの間生活をしていた。ある時、被災者に服が回ってきた時のこと、学習院の詰め襟の服もあって驚いた。子供たちは近所の娘さんが面倒を見てくれた。

肇は尋常小学校二年生になっていた。

父の少年、青年時代

そのうち、世相もだんだん落ち着いてきて、銀二夫婦はまた深川に戻り、瓦煎餅屋を再開した。

肇は修業のため、丁稚と一緒に働かされ、時には年上の丁稚にいじめられたりしながら、銀二の厳しいしつけにも耐えた。出来上がった瓦煎餅を一斗缶に詰めて、自転車の荷台に載せて売り歩いた。だが、ガタガタ道なので煎餅は割れてしまい、売り物にならなかった。

ある時は警察に止められ、物資の少ない時代だったので没収されたこともあった。自転車で赤坂、高輪と遠くまで配達して、帰りには次の注文を取ってくるように父から命令された。住み込みの丁稚よりも辛い思いもしたのである。しかし丁稚は小学校へ通えないけれど、肇は学校へ通って勉強できる楽しみがあった。


高学年になって、肇の通知表は甲・乙・丙の三段階で、一番上の「甲」のみ。優秀な生徒だった。その頃は、配達先のお得意様に同じ年頃の娘さんがいれば、赤面する口下手な純情少年であった。

成績優秀でオール甲ということで、教師がわざわざ宝屋へ足を運び、銀二に「肇を上級学校へ行かせるように」と説得したが、銀二は「肇は長男で跡取りだから煎餅屋を継がせる。上級学校の学問はさせない」と断った。その後、先生は何度も足を運んで説得を試みたが、銀二は頑として断り続けた。

肇は上級学校へ進んで学びたかったが許されないので、夜中にこっそり布団の中へ電気スタンドを持ち込み、隠れて勉強を続けた。その結果、近視になり、牛乳ビンの底のように厚い眼鏡をかける羽目になってしまった。

そんな頃、さらに弟妹が増えて、三男文隆、三女常子と六人兄弟になった。

青年になった肇には、ひそかに憧れる女性ができた。隣に住まう店子で、女性ながらN銀行で働く人であった。朝に晩に通勤する姿に憧れ、胸をときめかせていた。少々ツンとしたお高い娘で、小股の切れ上がった粋なところがまた、良かったのだろう。

しかし、肇はとても手の届かない高嶺の花と、最初から諦めていた。

結婚適齢期になった肇に、縁談が起こった。

道路の向かい側の二谷さんを通じて、石川重工業に勤める保坂さんからの話だった。肇をとても可愛がってくれた保坂さんは群馬県に実家があり、紹介されたのはその近所の娘である。農業と養蚕を営む両親を手伝うおとなしい女性だ。肇は、自分の両親さえ相手を気に入ってくれればそれで良いという考えだったので、まず銀二・ナツ夫婦が群馬へ下見に行った。

群馬の小泉という家の縁側で、娘は機織をしていた。つつましやかな娘を見て、肇の両親はとても気に入り、息子の嫁に欲しいと決定した。

肇は、その娘は温厚すぎてものたりないと感じたが、見合いをした晩、彼女、「睦《むつみ》」の寝所に入り込み、体の関係ができてしまった。足入れ婚という昔の風習なのだ。私は、その時母・睦の体内に宿った子供である。

母・睦の生い立ちと結婚生活

群馬県は国定忠治で有名な赤城山があり、夏は暑く、冬は寒い。特に「かかあ殿下とカラッ風」といわれ、寒い赤城おろしが吹きすさぶ土地柄だ。

私の祖父母、小泉甚太郎・スミ夫婦には五人の子供がいて、長女・睦、次女・鈴江、三女・麻希、四女・由利子、長男・芳郎である。父の甚太郎は、おだやかでやさしく、太陽が綿入れを着ているように暖かくおおらかな人である。一方、祖母・スミは、赤城おろしのごとく厳しく、かかあ殿下という言葉がぴったり当てはまる。カラッとしていて、チャッチャッと動き、迷いがなく、スキッとしている。対照的な夫婦の見本みたいだが、祖母も心根はとてもやさしい。

睦はそういう家庭で育ち、長女としての責任感を持って暮らしていた。裁縫が得意で、家族中で育てた蚕から糸をつむいで着物に仕立て、両親と共に田畑を手伝い、妹たちとも仲良く働いていた。そういう家庭で育ち、肇と見合い結婚して、群馬を出たのだった。

大正は十五年で終わり、昭和元年がスタートする。

昭和十二年に日中戦争、昭和十四年に第二次世界大戦、昭和十六年に真珠湾攻撃と世の中は戦に満ち、荒れ狂っていた。

昭和十七年初めに見合いをして、十七年の終わり頃、東京深川の富岡八幡宮で結婚式を挙げ、「一力」という割烹料理屋で盛大な披露を執り行った。

海のない群馬県育ちで、「海が見たい」という睦の希望で熱海、修善寺、箱根と新婚旅行で巡ったが、戦時下だったのでガソリンも不足していた。松の脂を使ったバスは、後ろの方にカマドを付け、なんとか動いていたが、箱根の十国峠の上り坂で、とうとう動かなくなってしまった。バスの乗客が降りて後ろを押しながら、やっとのことで旅館にたどり着いたという。

旅館の電灯は、黒い布で覆われている状態である。

新婚旅行から帰ると、睦には、群馬の田園生活とはガラッと違う大変な生活が待っていた。東京深川の嫁ぎ先は商家であり、丁稚が何人かおり、舅・姑・小姑が女三人男四人。さらに四男公雄が加わっていた。大所帯で、店番、掃除洗濯、食事作りにと休む間もなく、慣れない生活で睦は必死に働いた。

女小姑たちは、姉妹でことごとく嫁いびりをした。「色白で弱っちい」と痛め続けられた。そんな日々の中、群馬から実家の母・スミが娘のところへ訪ねてきて、あろうことか（?）親子で昼寝をした。というのも群馬では、日中の暑い時、昼寝をする習慣があったのだ。東京の商家の昼日中で昼寝をしたと、深川の家族はあきれかえってしまった。

そういう生活に慣れないながらも睦は頑張っていたが、妊娠中のこともあり、無理をして体は弱りつつあった。ある時、ツベルクリンの検査で陽性反応が出た。結核になってしまったのだ。

私の誕生～東京大空襲

結核の人を深川に置いておけないということで、群馬で養生するようにと睦は帰された。物資不足で治療もままならず、薬屋へジャガイモ一俵を届けて、やっと一本の体温計を手に入れられる時代だった。

昭和十六年の真珠湾攻撃に始まり、第二次世界大戦中、世の中はさらに物資不足となる。

睦の体調がよくならないまま産み月が近づく。赤ん坊が元気に生まれることをひた

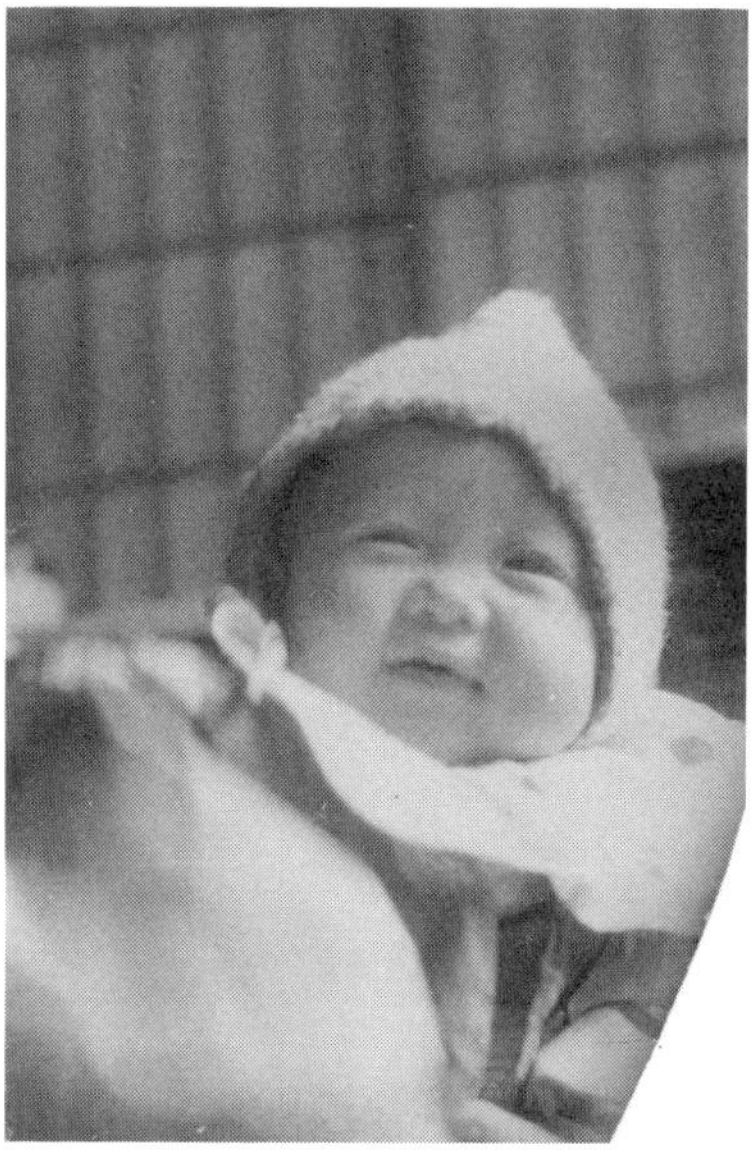

昭和二十年三月　空襲の四、五日前？

すら願っていたことと思う。

　そして昭和十八年八月十八日、ハチの三並びの日、私が生まれた。

　生まれたばかりの私を見て、結核になり、長く生きられない自分を知っていた母は、どれだけ悲しい思いをしたことだろう。しかし結核という病気ゆえ、新生児と一緒には暮らせない。病気がうつったらいけないので、深川の祖母、ナツが生木を裂くように、私を東京へ連れて帰った。産んだばかりで離ればなれになる母の気持ちは、いかばかりだったか。片腕をもぎ取られるようなつらさ、悲しさがあったことだろう。

　私の名前「すみれ」は、父の妹・常子が深川高校時代に生徒名簿の中から見つけたもの。名前くらい親につけてほしかった。

ナツは深川へ私を連れて帰ったものの、乳を借りるような人もいなかった。お米をつぶし、ドロドロに煮て、ミルク代わりに飲ませ、一生懸命に育ててくれた。長男肇の子、初孫をナツは苦労して、大切に大切に育ててくれたのだ。

戦争は日増しに激しくなり、昭和二十年三月十日には、米軍機から大量の焼夷弾が雨のように落とされ、東京は火の海となった。人々は逃げまどい、熱い火から逃れようと川へ飛び込む。川もまた炎のために熱く、煮え湯のごとくわき立っているのに続々と飛び込んだ。深川は四方が川に囲まれているので、よけいのこと死者が増えてしまった。

けれど銀二は、家族全員に「川に入ってはいけない」と厳命し、かろうじて家族全員無事だった。その時肇は、妻や子の写真をなくすまいと防空壕へ持って入った。ところが防空壕の中にも火が入り込んだ。焼け残った写真をかき集め、大切に持ち出した。写真の焼けこげはその時のままで、今見てもすさまじさが伝わってくる。

火が収まったあとは、一面焼け野原。とりあえず雨露をしのぐのにバラックを建てようということになったが、焼けあとにはクギも板もないありさまだった。「三鷹方面に軍需工場があって、攻撃されたが焼け残った板切れがある」と聞いて、皆で板を拾いに行ったという。おんぼろ大八車に曲がったクギや焼けこげの残った板切れを載せ、深川まで運んだ。曲がったクギを真っすぐに伸ばし、板をつなげ、なんとか小屋の形をなすものが出来上がった。一家は細々と瓦煎餅屋を始めた。

星になった母

食べ物も少なくなってきて、肇とナツは赤ん坊の私を守るため、群馬の睦の実家へ疎開させることにした。しかし上野駅はものすごい人でごったがえしていた。電車の本数も減っているうえに、疎開する人々が大きなリュックを背負い、大混雑している、やっと取れた切符で電車に乗ることはできたが、人々は電車の窓にしがみつき、車内はひしめき合う。デッキにも大多数の人がつかまり、窮屈でないところはない。辛抱しながらやっと木崎駅に着いた時は、午前一時だった。

　やっとの思いで駅に着いても、明かりひとつない田舎道をまだ一里も歩かなければならなかった。月の光があっても、夜道を迷うといけないので線路伝いに歩いている時、睦の実家の方向で、ボーッと不審な明かりが見え、スーッと上がっていった。それを見た肇は、「アッ、睦が死んだのか」と感じたという。実際に妻の実家へたどり着いたら、「たった今、みまかった」と言われ、肇は妻の死を実感した。

　昭和二十年一月二十一日、まだ二十一歳の若さで母・睦は息を引き取った。結核のため、根を詰める手仕事などは禁止されていたのに、物資のない中、自分の着物をほどいて真綿の入ったチャンチャンコを死の直前まで縫っていた。弱っていく体で一生懸命作り、いとしい我が子に着せたかったのだろう。その時私は、一歳半の赤ん坊だった。

　どんなに成長を夢見て楽しみにしていたことだろう。ちょうど家族は私が一歩一歩と歩き出した姿を見て喜んでいた時だった。別れを予期して、どんなに切なく悲しかったことか。やさしく朗らか、家族想いの母の命の短さに、今さらながら悲しみが増すばかりだ。

群馬の小泉家（祖父母の家）では、叔父、芳郎の長女・久実と共に育った。久実は体も大きく、やんちゃで、よく私は泣かされていた。

父は戦後、焼けあとで皆を食べさせなくてはいけないので、妻の死の悲しみにひたることもままならず、私を群馬に置いて深川へ帰っていった。深川では、一面焼け野原の中でもポツンポツンとバラックの掘っ立て小屋が増えはじめていた。肇は、妻を亡くしたのに、生きていくことに必死で冷たい人間ではないかと自分を責めていた。

その後、私はいつ深川へ戻ったのか？　定かではないが、昭和二十年は東京大空襲に続き、広島、長崎と続けざまに原爆が投下された年だ。アメリカの威力に圧倒されて敗戦となり、日本は終戦を迎えた。

終戦後は瓦煎餅の材料が手に入らなくなり、配給も途絶えがちになり、仕方なく父は闇市に行ったり、汽車会社で働いて食いつないでいた。

群馬から帰された私は、深川の祖父母（辰田家）に育てられることになった。母をいびっていた父の姉妹も、早くに母を亡くした私を不憫に思い、可愛がってくれた。それをいいことに、私は我がままな子供に育ってしまった。

私が、あまりにも我がままを言った時、祖父・銀二からお灸をすえると言われた。幼い体で全身の力をふりしぼって抵抗したのに、手首にお灸をすえられてしまって、それ以来、祖父が大嫌いになった。小学校四年の時、銀二が肝硬変で死ぬまで、祖父の記憶はない。


私が一番心癒されたのは、大きなトラ猫ピー坊だった。私が何をしても言いなり、おとなしくされ放題。その猫を人形代わりにしたり、ひもでおんぶしたり、じゃれ合って、時には笑い遊んで過ごしていた。私の猫好きは、ここから始まったようだ。

この頃は瓦煎餅屋の店も再建されて、世相も落ち着いてきた。

敗戦後は、アメリカ兵が街の中をよく通るようになった。軍の帽子を被り、カーキ色の軍服を着て、たいてい二、三人連れだって歩いている。私がアメリカ兵に近づき、

「ハロー」と挨拶すると、ガムやチョコレートをくれる兵隊さんもいた。特にガムの包み紙にベッティちゃんのイラストがあるのをもらうと嬉しかった。

二軒先には戦争未亡人になった人が男の子を育てながら、下駄屋を営んでいた。部屋の壁一面に下駄を積み上げて売ったり、修理したり、鼻緒をすげ替えたりして生計を立てている。

その息子は私より二歳年上で、仲良しになり、石けりをしたり、かくれんぼをしたりして、一緒によく遊んだ。「大きくなったら、かいっちゃんのお嫁さんになる」と私は公言していた。

そこの家は春日八郎が歌っていた「お富さん」のように「粋な黒塀、見越しの松」といった日本建築に住んでいて、戦争がなければ良家の奥様で暮らしていただろう。

父は視力が弱かったため、兵隊には行かなかったけど、父のすぐ下の妹織江は、戦争から復員してきた男性と結婚した。水もしたたるような男前で、鍛冶職人。火の中から出てきた真っ赤な鉄をたたき、型になるまでくりかえし、一日中トンテンカンと火花を散らしながら包丁や刀を作る。形になっていくさまを私は飽きずに見続けた。叔父さんの作った包丁はよく切れて、使い勝手の良い貴重な品だった。

　祖父の銀二は土地投資が趣味だった。これは先々値上がりすると値ぶみして、次々と土地を買い、持っていた。青梅街道の表通りに大きな土地を持ち、その一角に織江たちの所帯を持たせた。


　次男の光輝も、錦糸町の近くの千田町に住まわせた。

　光輝は兵隊として昭和十年、戦地へ向かったが、シベリアで捕虜になった。寒冷地では、鼻水もつららになるほどだったという。シベリアでは、のちに作曲家となって、数多い大ヒット歌謡曲を持つ吉田正と一緒だった。光輝は要領が良く、少しのロシア語を覚えて通訳ができたので、待遇はわりあい良かったらしい。昭和二十三年、復員して、兄・肇と一緒に瓦煎餅屋の仕事をした。

　次女・郁子は銀二の親戚で、イトコに当たる孝明と見合い結婚をさせて横浜の鶴見に新居を建て、住まわせた。孝明は造船所で働く実直でまじめな人だったが、二人には子供ができなくて犬を子供代わりに可愛がった。二人で留守にする時は、近くのラーメン屋に犬のためにご飯を注文しておくほどだった。

子供のできない郁子叔母さんは、私のこと「スミッシー」と呼んで可愛がってくれた。

銀二の三男・文隆は、跡を継ぐ必要もない気楽さから九州の柳川で働いて暮らしていた。

三女・常子は、虎年生まれで、頭も切れ、世の中は自分中心に回っていると思うくらい、強い性格だった。深川高校を卒業して、東京都庁へ働きに行っていた。

祖母・ナツは、おしゃれな人で、髷《まげ》に結った髪からおくれ毛が出ると、通りの前の半田美容室へ、なでつけてもらいに行く上得意様だった。

宝屋の商売も繁盛して余裕もでき、娘たちは蝶よ花よという育てられ方をして、身の回りは女中や丁稚にしてもらい、姉妹は我がままになっていった。

私が五歳になった時、父の再婚話が起こった。近所の人のお世話だった。相手はなんと、父が青年時代に憧れていて、手の届かない遠い存在と思って諦めていた、あのツンとした小股の切れ上がった粋な人である。その女性は相変わらずお高く止まっていたので、縁遠くなって行き遅れていたのだった。N銀行に勤めていて、時間になると、いつも上役が「お嬢、稽古の時間だよ」と言う。仕事中に茶道・三味線・日舞と習い事に大っぴらに出かけるありさまだった。

彼女は添田久里子という。群馬の桐生という町出身で、父親は「源三」、母親は「雪」。久里子は長女で両親から溺愛されていた。父源三と一緒に織物工場を手伝っていた弟「英雄」は、戦争で身なし子になってしまった娘さん「志津」と結婚して、子供は授からなかった。群馬はその頃、生糸の産地として発展しつつあった。源三は織物や、外国風の生地を大きな機械でなめす工場を経営していて、羽振りが良く、女道楽が激しかった。そのうち、おめかけさんを囲ったりしていた。

その妻「雪」は、自分の身を飾ることは少なかったが、裁縫が好きで着物を縫って楽しんでいた。頭も良く、政治の話をするのが大好きな人。女性としての気質が不足ぎみで、源三の女道楽も、多少、雪に原因があったかもしれない。人の縁というのは不思議なもので、縁というのは避けようもなく続くのだろうか。

東京深川の四丁目の角に久里子の家があり、私たちの家は三丁目で、わずかしか離れていない。その角にある四丁目の家は、中庭に池があり、きれいな赤い渡り橋のあるお屋敷だった。宝屋に嫁いできたものの、気位の高い久里子は家風になじめるものではなかった。舅・姑・小姑・連れ子を持つ夫輩、女中、丁稚もいる大所帯で、商家の嫁として務まるはずもなく、牡丹町三丁目の家をサッサと出て行って、四丁目のお屋敷に一人、戻ってしまった。

しかし、父は未練いっぱいで、三丁目と四丁目を行ったり来たり。ある日、祖父、銀二から「家業を取るか？　嫁を取るか？」と決断を迫られ、父は若い頃から好きな嫁を選んだ。そして、私を連れて嫁の家へ移り住み、居候扱いされながらも瓦煎餅を生活の糧《かて》にするしかなく、父の苦労が始まった。

お得意様もなかなかできなくて、生活は苦しく、久里子には「出て行け！」とたびたび言われながらも、千葉の親戚から何カ所も借金して日々をしのいでいた。どの面下げて頼んだのか、群馬の亡き前妻の家からも借金していた。父は必死だったのだろう。

間もなく、庭のある屋敷は取り壊されて、久里子の弟「宗典」のパン工房と土地を半分ずつ分けた。父はお菓子屋に建て直した。

久里子は銀行に勤めている時、お茶、お花、三味線と習い事をしてきたのに、教えて生活費を稼ぐでもなかった。門前仲町とか洲崎という花街もあったのに、プライドが高く、教える気もなく、男が稼ぐものと考えていたようだった。

桐生の母の雪と久里子のつながりは深く、三日とあけずに手紙を交換していた。

昭和二十三年十二月二十四日、久里子に長男が授かった。「智司《さとし》」と名付け、可愛がった。久里子は智司が生まれるまでは私を可愛がってくれたが、自分の子供ができたとたんに、私に冷たく当たるようになった。

私がリボンをつけていると、男の子の智司が「自分もリボンをつけてくれ」と言う。久里子はリボンを付けてやったりした。

智司は当然、母親を「お母ちゃん、お母ちゃん」と呼ぶ。私もまねをして「お母ちゃん」と呼ぶと、久里子は、夕方の空を指差して「あんたのお母ちゃんは、お星様よ」と言った。まだ、意味がわからないながら「お母ちゃんと呼んではいけないのだな」と子供心に悟った。

次に昭和二十七年に長女「冨美恵」が生まれた。

器量の良い子で愛くるしかった。それなのに昭和二十八年一月元日に、布団が顔にかぶさり、呼吸ができなくなって窒息死してしまった。肇と久里子の優性遺伝をすべて身につけて、この世に生まれた子なのに、年末の忙しさから親たちは手を離せなかった。暮れの忙しい時に、見てやれなかったらしい。不幸だった。「器量良し」を、辞書を調べたら「美人過ぎて不幸になること」というものがあった。正月から警察が来て調べられ、私と智司はほっとかれた。

私は七歳になり、群馬の祖父母、甚太郎、スミ夫婦から七五三の晴れ着のお祝いをもらった。素晴らしい着物で、嬉しかった。深川八幡宮へ宮参りして、おすまし顔で写真を撮った。

「母はお星」と言われてから私は、牡丹町三丁目の宝屋へ、ひんぱんに遊びに行くようになる。私を大切に思う父の実家へ行く回数が増えるのは、当然だった。

お正月にも行っていたら、久里子が迎えにきて、私を連れ戻そうとした。私は四丁目の家が嫌だったし帰りたくなくて、手をつながれてもふりほどいた。久里子が私の体を無理矢理つかみ、引っ張り出すと、私は抵抗して全身の力で柱に抱きついた。久里子も私を柱から引き離そうと意地になって引っ張る。泣き叫ぶ私もテコでも動かない。それほど四丁目の家へ帰りたくなかった。

睦とすみれ

着ていた晴れ着は帯もほどけ、はだけて、脱げてしまった。それでも柱にしがみついていた。

そんな騒ぎの中、祖父母もいたたまれなくなって、「まぁいいじゃないか」と声をかけた。プライドを傷つけられた久里子は、憎しみの目で私をにらみつけ、引っ張りはいだ着物を腹立ちまぎれに私に投げつけ、「勝手にしなさい」と捨てゼリフを吐いて四丁目へ帰っていった。

それ以来、私は三丁目に行く、そして戻されるというのが続いた。三丁目の近所の子供たちと仲良くなって、学校から帰ってきた年上の友達と石けり、缶けり、縄跳び、かくれんぼ、鬼ごっこをした。小さな子から大きな子まで一緒になって、夕方まで遊んだ。暗くなりかけると皆それぞれ家に帰っていく。家へ帰るのが嫌な私は、ポツンと残され、急に寂しくなった。

小学校時代の思い出

七歳の四月になり、平久小学校に入学した。平久橋を越えた、すぐの右手にある小学校だ。入学式では、あまり巷に出回っていないビロードの赤・青・紺のしま模様の素敵な服を着た。これは工場を経営している久里子の父母からのプレゼントだった。

平久小学校は、戦争で銃撃を受けて傷だらけの建物だった。講堂には、避難して、壁に寄りかかったまま亡くなった人の油が黒く残っていたり、マンホールにあわてて逃げようとする姿の先生の写真があったりした。

それでも終戦後は少しずつ校舎も手入れされ、きれいになってきていた。子供たちは無邪気に「平久小学校ボロ学校」「数矢小学校いい学校」とはやし立てる。数矢小学校は父が行っていた小学校で、焼けなかったのだ。

小学校へ行きだしてからは、あまり祖父母宅の「三丁目」には行けなくなった。

隣のパン屋のイトコたち三人と前の道路で遊ぶことが多くなった。私はお転婆だ。広い十字路には三方に川があるため、橋の坂がある。荷馬車が往来していて、私は荷台の後方にぶらさがり遊びをする。上り坂になると馬子さんが重さに気づいて後ろを振り返り、「コラーッ」と叱られた。道路には馬糞がゴソッと落ちたりしていた。

ある時は坂の上から三輪車に乗り、一直線に勢いよく走り下り、家の前の歩道の縁石に、いやというほどぶつかった。胸を強く打って、倒れたまま痛いとも言えず、口から出るのは、「う~ん、う~ん」といううめき声ばかり。しばらくしてフッと上を見上げると、継母の久里子が「ざまを見よ」と言わんばかりに腕組みし、冷ややかな目をして見下ろしていた。助け起こそうともしない。大丈夫？　という声もかけなかった。

今になって思う。これが母親なのか……憎々しげに見下ろす冷たい視線は忘れられない。私の脳裏に今でも焼き付いている。

夏休みになると父の配慮かわからないが、祖父母の千葉の親戚で過ごした。毎日のようにイトコたちと、干した鯨の肉やトウモロコシを持って、夕陽が落ちる寸前まで海で遊んだ。叔母は海女をしていて、素もぐりでサザエやアワビを取ってきて海女小屋で焼いて、たくさん食べさせてくれた。ウニも大釜でゆでて食べたりして、ひと夏を過ごした。

千葉の次は、群馬の母の実家へ行くようになって夏休みを過ごした。こちらでは、亡き母睦の弟の芳郎・多美夫婦の子供たち、女の子二人と男の子二人といつも一緒に遊んだ。井戸でしゃぼん玉を飛ばしたり、飼い葉を機械で切って牛にやったり、しょいカゴを背負って桑の葉を集め、蚕に食べさせたり、井戸からくみ上げた水を五人の子供たちでリレー式で運び、お風呂を満たんにした。お手伝いしながら遊んでいるようなものだった。

頭を洗う時は全員一列に並ぶ。驚いたのは洗濯洗剤の粉で洗うこと。井戸水を流してゆすいだ。祖父甚太郎は、毎朝早く、前の畑を見回る。朝もやの中、私もついていった。なぜか、大きい雌鶏《めんどり》もついてくる。

おじいちゃんは、ナス畑の中で、大人の親指くらいの大きなイモムシを取ると、あぜ道にポイッと捨てる。見つけるたびにポイッと捨てる。雛鶏が、それこそ嬉しそうにパクッと食べる。都会では知り得ない自然のいとなみがここにはある。

ある時は、利根川へ釣りに行くといって、自転車の荷台に乗せて連れて行ってもらった。行ったら最後、祖父は夕方まで釣りをしている。私は飽きて、土手に寝っころがり、空の雲と想像の世界で遊ぶ。ふと喉が渇いて水を飲みたくなり、祖父に言うと、利根川の水をすくって飲めという。初めて「へェ～川の水って飲めるんだ～」と知った。すくって飲んだ。

群馬では、近所の人を集め、浴衣を着た私が日傘を持って皆さんの前で踊った。その当時「野崎まいり」が流行っていて、それを歌いながら舞った。これは久里子が教えてくれたのだ。後妻の立場としては、都合の良いアピールだろう。前妻の親戚の前で、私を可愛がっているよという姿勢や立場がさぞかし伝わったことだろう。

田舎の新学期は八月二十五日からで、子供たちは皆、学校へ行ってしまい、一人になってしまった。睦の妹・鈴江は小学校の先生で、砂利道を三十分かけて通勤している。私は暇すぎて、鈴江先生に世良田小学校へ連れて行ってと頼んだ。先生の自転車の後ろに乗って下校時間まで鉄棒したり、ブランコしたり夕方まで待った。田舎の道は真っ暗で、ジャリの音が怖くて、後ろをよく振り返った。何かにつかまえられ、引きずり落とされそうだった。暗い道を鈴江先生の背中にしがみついていた。都会には砂利道がない。

睦、鈴江の妹・麻希は、甚太郎さんに似て、静かでやさしく、おっとりした女性で、人形作りの先生だった。私は一体の日本人形をもらって大切に飾っていた。私が死ぬ時はこの人形と一緒がいいと思っていた。

夜になると、おじいちゃんの大好きな浪曲や怪談話をラジオで聴いた。ひとつの部屋に子供たちみんなで布団を並べて一緒に聴くが、怖い話にくると、キャーッと叫びつつ布団をかぶり、楽しく過ごした。こんな私たちを、芳郎・多美の叔父夫婦は嫌な顔ひとつしないで見守ってくれた。

私が小学校三年の時、久里子は三人目を妊娠した。出産の時、あいにく病院には研修生しかいなくて、処置が悪いため死産になってしまった。久里子は、二人の子供を失った。心身ともにつらく、体も弱って朝も起きられなくなった。仕方なく私は、七輪に練炭で火をおこし、ご飯を炊き、味噌汁を作り、片づけもした。冬の寒い日が続き、両方の手は、しもやけでプックリ赤くはれて、その後グジュグジュに潰れ、痛かった。そんな私の手を見た近所の人は、「可愛そうに、母親が違うから」「こんな手をして」と同情してくれた。

その当時は「ももの花」というクリームをつけるのみだった。

その後、久里子にとって待望の次男「文也」が生まれた。私の手伝いに子守りも加わって、学校から帰ったら文也をおんぶし、店の手伝いや家事をした。もう三丁目の子供たちとも遊べなくなってしまった。

隣の久里子の弟・宗典の奥さん、菊子さんは私が後妻にこきつかわれるのを見て、「かわいそうに、うちに引き取ろうかしら」と思うほどだったという。実は菊子さんも久里子のきつい言葉に陰で泣くこともあったと言う。

出産でさらに体が弱くなった久里子のために父は、千葉の親戚から「奈美子」を女中として呼んで同居することになった。千葉の田舎育ちで、東京のことは何も知らない超自然児の十八歳だ。商いをしている店なのに、風呂上がりはスッポンポンで出てくる。奈美子は、良いも悪いもわからず、久里子のまねをして、二人でいじわるをする。「菓子箱のフタのガラスがまだきれいじゃない」と私に命令する。二階に上がる階段を拭き掃除させる。終わると、階段の裏側も拭き直せ、両横も……と言われ、またやり直す。それを、久里子と奈美子は笑って見ていた。女中の奈美子は、底意地の悪い久里子に迎合することが良いことと思っている。嫌いな人がまた増えた。

だから、ひたすら夏休みに群馬へ行く日を待った。父は、割れた煎餅を一斗缶に詰めて群馬へ向かった。一里の道のりを汗をたらたら流しながら。私を歩かせるため、道々やぎを連れている子供たちに「やぎの競走」をさせたりした。小泉家へ着いたら、きちんと挨拶するようにと何度も言われた。

甘いものの少ない時だから、こわれ煎餅は子供たちに喜ばれた。父が帰ったあと、私は夏休みが終わるまで小泉家で大切にされて過ごすことができた。二学期が近づくと父が迎えに来て、楽しい田舎暮らしから、嫌いな東京へ帰らなければならない。

このまま、永久にここにいたかった。五、六年生になると一人で東武電車に乗って群馬へ向かった。大好きな世良田へ行くと思うと、電車のガタゴトという音が音楽のように聞こえ、心がはずんだ。長期休みが終わると、暖かくて楽しい田舎暮らしから、東京の冷たい、ひえびえとした家庭に戻るのは、とてもつらかった。

新しく赴任してきた校長先生は、「毛塚とみ」という女先生で、平久小学校をなんとかきれいな学校にしたくて、生徒を巻き込んで掃除点検をさせた。採点して競い合ったのだ。これがきっかけとなって校舎は清潔になった。給食運びには専用の小さいエレベーターを取りつけ、楽になった。

校庭も全面アスファルトになったり、登校時には自ら校門を掃除する校長を見て、六年三組の生徒たちが話し合い、自主的に掃除を始めた。それからはクラスの連帯が生まれ、クラスがまとまった。校長先生の努力のおかげで、学校内はスッキリした。先生は生徒たちを自発的に動かした良き校長先生だった。

小学校の授業では、音楽の時間がとても楽しかった。担当は弓田先生といって、優雅で美しい先生だった。私はコーラス部に入った。歌詞の情景、込められた想いなどを先生は説明し、指導してくれた。「歌は心」と強く感じた。その頃は「菜の花畑」「かぐや姫」他を輪唱した。弓田先生が大好きだった。

進級すると教室が変わり、川がよく見える教室に替わった。授業中、ポーッと川面を眺め、筏流しの人の作業を見ていた。木場という貯木場に向かって筏の一番前に立ち竿を川底に突き刺す。筏の上を歩き、最後になるとまた前に行くという作業を飽きずに眺めていた。なんとなく世の中がゆったり流れていると感じた。

町内は朝早くから物売りの声がする。自転車に箱を積んで、「アッサリー、しじみ」のかけ声。ピープーピーと笛を吹いて歩く「豆腐屋」さん。昼過ぎ頃は、天秤棒をかついで、バッタンバッタンと歩く「キセル屋」さん。キセルの詰まりを掃除したり、新商品を持ち歩いている。夏に近づくと、「金魚エー金魚」と言いながらリヤカーを引く「金魚売り」。チリンチリンとにぎやかに鳴らす「風鈴屋」さん。「紙芝居」のおじさんは、「黄金バット」を擬音入りで語りはじめる。往来は荷車を引いた馬がポトポト糞を落としながら通り過ぎていく。道路に馬はそのままパカパカとひづめの音を響かせる。

戦争で子供を亡くした、知らないおじさんは、私たちを見て、自分の子供と重ねて私たちを抱き締める。他のおばさんは心の病か、一人言をぶつぶつつぶやく。前の酒屋は、夕方から朝方にかけて酔った人たちがわめき声を上げている。町内は、そんな状態であった。

私はいつも家に帰ると子守りだ。文也を背中におぶって舗道で石けりをしたりして遊んだ。隣のイトコと、いつも一緒だった。

通学路の途中にアパートがあって、小児麻痺を患い、足の不自由な晴代さんという同級生がいた。担任の力丸先生に、通う道すがら一緒に登校してほしいと頼まれてしまった。

断れなくて一緒に通学が始まった。足が悪いので、二階からズリッズリッと手すりを持ちながら下りてくる。時間のない時は、そのゆっくりさが歯がゆかった。

自分の家の手伝いも大変、子守りも大変なのに、通学にも疲れた。一緒に通学を手伝うはずの友人は早くもリタイアして、私一人では大変だった。

六年生最後の遠足用にと、赤いカーディガンに人形の編み込みがワンポイントのセーターを久里子がくれた。久里子の手編みである。私は戸惑った。嬉しい気持ちもあるけれど、表現の方法がわからない。

体の弱い久里子が、店もあり子供も小さいのに、夜なべして編んでくれたのだろう。けれど、ぎこちない愛情表現しかできない親と、素直に喜びを表せない娘だった。日常、そんなことに慣れていない。「なんだ、世間体か？」と勘ぐってしまう嫌な私も存在していた。喜びや楽しさの表現を忘れていたのだ。

寂しくて悲しい中学時代

ある時、隅田川の花火大会を家族全員で見に行った。終わって、帰る人々で通りは混雑した。花火の興奮冷めやらぬにぎわいの中で、誰からも声をかけられず、親について行きながら、奈落の底にいるような孤独感を味わい、涙が勝手に流れた。

「寂しい」……。

涙を流している私を見て、後妻の久里子は言い放った。

「何なの？　泣いてるわ、変な子」
嬉々としている人混みの中で……。

やがて、中学生になった。中学校までは遠いので、晴代さんは友人の自転車に乗せられて通学をすることになり、私の役目は終わった。でも、私は体の不自由な晴代さんに、もっと温かくやさしくすればよかったと後悔した。だが、私自身に余裕がなかった。

中学になると体力もついてきたので、私の仕事がさらに増えた。角の店なので雨戸は九枚ある。その畳ほどもある大きく重い雨戸を外して、後方の台所のすき間に立てかける。夜は、それをすべて戻して閉める。毎朝毎晩、力のいる仕事だった。朝の食事作りをしていると、皆が通学していく姿にあせりながら準備した。

その頃、女中の奈美子は結婚適齢期になり、郷里の親から見合いの催促が入り、帰っていった。デパートで最新の服を買い、似合わないのに意気揚々として帰っていった。

私は、家へ帰れば店番しかないので、一分一秒でも長く学校にいたかった。その頃、久里子は病気がちになり、近所の野口医院へ通院して、胃痙攣持ちと診断された。発作をくりかえし、寝込む日が続いていた。中学での授業中に電話がかかってきて、「お母さんが大変だから、すぐ帰りなさい」と言われる。帰宅すると、久里子に大したことはなくて寝ている。私に店番をさせるために、呼び戻したのだった。それ以来、たびたび学校へ電話が入り、帰らざるを得なかった。自分の境遇を悲しく思った。

小学校の夏休みは、群馬や千葉へ行っていたが、中学になったら久里子の実家、桐生に智司と二人で預けられ、行く先が替わった。

それでものめり込んだのは、「カバヤ文庫」である。当時、キャラメルの箱に一枚カードが入っていて、カードの点数を五十点ためると、好きな本をもらえるというもの。グリム童話、アンデルセン物語、日本昔話など児童文学である。カードと本の引き換えは、菓子店で行うため、店の奥に大量に本を用意してあった。私は店番しながら、これらの本を片っ端から夢中になって読みあさった。それが、その頃の唯一の楽しみだった。

その頃、街頭テレビが流行しだして、テレビの前に人が集まる。特に「力道山」のプロレスは、黒山の人だかりとなった。うどん屋さんは、まだ高額のテレビを店内に置いて、客寄せに使った。

うちの店の斜め向かいに自転車屋があって、暇さえあれば遊びに来ているお茶屋の息子が、加藤潔クン。細身でかっこ良い同学年の男の子で、その子がいつも気がつくと私をジィーッと見ている。私もちょっと気になりだして、淡い恋心が芽ばえていた。恋する二人、でも幼く純情すぎる二人だった。何をどうしていいのか、恥じらいもあって無視し合ってしまい、この淡い恋は、ここで消えてしまった。

ある日、国語の漢字テストが済んで廊下を歩いていると、国語担当の三田先生に呼び止められた。三田先生は『坊ちゃん』の小説に登場するような、長髪で真ん中分けにした個性的なハイカラ先生だ。「テストで100点はあなただけだったよ」と、わざわざ教えてくださった。嬉しくて、少しだけ自信が湧いてきた。

他にはホームルームの時間、教室で話し合いをしている時、突然指名されて、「あなたの考えは？」と聞かれた。驚いたけれど、自分の考えを意見として発表したら、それで決定となった。無口でおとなしい私も「考えを持っている人」と印象づけたようで、自分から見て居ごこちの良いクラスになったと同時に、自信が備わった。

久里子の実家の桐生で夏休みを過ごすようになって、私は円型フレアースカートを手に入れた。久里子の三番目の弟「修」さんは、甲子園に出場する野球選手として、背も高く男前だった。修さんの彼女が「聖子」さん。スマートで美しい人だ。洋裁が得意で、私の好きな柄の生地を買って、スカートを作ってくれたのだ。そのスカートが気に入って、とても嬉しかった。

ある時、原因がわからないけど、右脇腹に根が深いおできができてしまった。義理の祖母「雪」は毒だみの葉をつみ取り、火であぶって薄皮をはぎ、私のおできの部分に貼ってくれた。間もなくうみが出てきて、膿んだ根っこも取れた。

雪さんが私の服をめくり、手当てをしている様子を義理の祖父の源三がジィーッと見つめていた。その晩、蚊帳の中で、弟と源三、私と川の字に寝ていたら、私の股間を下着の上から指でなぞるようにさすってくる。異常を感じ、薄目を開けて状況を見回した。まるで舞台のワンセットのように、蚊帳の外、薄暗い裸電球の下で一心不乱に縫い物をしている雪さんがいる。私は自分の動悸が部屋中に響いているのかと感じるほど、心臓の音にどうしようもなくなった。そして、この件を荒立てないで避けるには、どうしたらいいかを考えた。私の寝ている横、左側は空間がある。その先は窓だ。そうだ、窓のそばに行こう。

寝ぼけたふりをして寝返りをしながらコロコロと逃げた。それ以上は何もなく、ホッとした。女癖の悪い源三は、中学二年の若いお腹を見て欲情したのだろうか。わからないけど、その晩のことは一生忘れられない。若い肌を見てムラムラしたのか、娘・久里子の結婚相手の連れ子にこのようなことをするとは、愚かな父親だこと。馬鹿なじいさんだ！

郵便はがき

料金受取人払郵便

新宿局承認

1409

差出有効期間
2021年6月
30日まで
(切手不要)

1 6 0-8 7 9 1

1 4 1

東京都新宿区新宿1－10－1

(株)文芸社

愛読者カード係 行

お名前《ふりがな》		明治 大正 昭和 平成 年生 歳		
ご住所《ふりがな》	□□□-□□□□		性別 男・女	
お電話番号	(書籍ご注文の際に必要です)	ご職業		
E-mail				
ご購読雑誌(複数可)		ご購読新聞 新聞		

最近読んでおもしろかった本や今後、とりあげてほしいテーマをお教えください。

ご自分の研究成果や経験、お考え等を出版してみたいというお気持ちはありますか。

ある　ない　内容・テーマ(　　　)

現在完成した作品をお持ちですか。

ある　ない　ジャンル・原稿量(　　　)

書　名			
お買上 書　店	都道　　　市区 府県　　　郡	書店名	書店
		ご購入日	年　月　日

本書をどこでお知りになりましたか?

1.書店店頭　2.知人にすすめられて　3.インターネット(サイト名　　　)

4.DMハガキ　5.広告、記事を見て(新聞、雑誌名　　　)

上の質問に関連して、ご購入の決め手となったのは?

1.タイトル　2.著者　3.内容　4.カバーデザイン　5.帯

その他ご自由にお書きください。

(　　　)

本書についてのご意見、ご感想をお聞かせください。

①内容について

②カバー、タイトル、帯について

弊社Webサイトからもご意見、ご感想をお寄せいただけます。

ご協力ありがとうございました。

※お寄せいただいたご意見、ご感想は新聞広告等で匿名にて使わせていただくことがあります。

※お客様の個人情報は、小社からの連絡のみに使用します。社外に提供することは一切ありません。

■書籍のご注文は、お近くの書店または、ブックサービス(0120-29-9625)、セブンネットショッピング(http://7net.omni7.jp/)にお申し込み下さい。

深川に帰ってから、私は腹いせに日記に書きとめた。私が学校へ行っている間に継母の久里子は、それを読んでしまった。いつもそうしていたのか。きっと、そうだろう。私の日記を盗み読みしたあと、大騒ぎで大変なことになった。「日記に書いてあることは本当のことなのか、白状しなさい」とうつ伏せになった私の背に馬乗りになって押さえ続けられ、半狂乱だ。それなのに久里子に馬乗りにされても、私の頭はおかしいほど冷静に考えていた。どういう言葉を言ったらいいのだろう。

普段、話すことが少ない私は、感情にまかせて返す言葉も見つからない。胸の中で考える。夫の連れ子に自分の父親がいたずらしたということはプライドの高い久里子にとってはつらいことだろうな――。

私は自分に起こった真実を捨てる選択をした。「嘘を書いた」と言葉にした。自分の気持ちより継母の気持ちを優先した。自分の感情を押し込める癖が付いて、思ったことをすぐ言葉に出せない。いつも会話は心の中で自問自答してからだ。だから日記に書いて、誰にも話せないことを忘れようと思ったのに――。

私は思った――プライドの高い久里子の名誉を私が守ってやったのだ――と。馬鹿な私！

後悔している。蚊帳の中の時、騒いで大声を出して、「おじいちゃん、何しているの」と叫んでいたらよかったのに。

そんな一件があってから私は「嘘をつく悪い子」というレッテルを貼られたようだ。いいさ、かまわない！


中学は給食がないので、自分で炊いた熱々ご飯を弁当箱に詰めて、店の売り物の甘納豆を載せていく。学校で食べる時は煮豆状態になっている。

または、やはり売り物の揚げ煎餅の底に残っている一斗缶のクズを熱いご飯にかけていく。それで、おしょうゆをかけた弁当になった。久里子は一度たりとも弁当のことなど考えてもいない。お友達の持ってくるお弁当には、ウインナーや卵焼きなど彩りもきれいでうらやましかった。一度でいいからウインナーの入っている弁当を食べてみたいと常日頃思っていた。

昼間、久里子は最後に生まれた妹・詩子をおんぶして出かけた。その姿を見た私は、店の小銭を持って四軒先の乾物屋で魚肉ソーセージを買い、エプロンの下に隠した。明日のお弁当のおかずに入れようと思って。しかし、その私の姿を、久里子が道路の向かい側を歩いて見ていた。知らなかった。気がつかなかった。きっと、「小銭をくすねる子」と決めつけられただろう。もう、それでもかまわないと、ふてくされた私がいた。

暑い夏の日、ポケットにアイスをしのばせて、トイレで食べた。その棒をトイレに捨てた。そのうち、トイレが詰まってしまった。業者が来て、原因はアイスの棒だとわかった。また私は、久里子にこっぴどく叱られた。隠れて食べなくてはいけない私の気持ちなんか、どうせわからないだろうね。

近所の商店はにぎわっているが、お菓子は生活の必需品ではないので売り上げはどんどん落ちてしまう。深夜十一時まで店を開けているのに。父はなんとか売り上げを増やそうと、英字ビスケットを大きな紙に貼り付けて広告にしたりした。ラジオで「君の名は」のドラマが始まると銭湯がガラ空きになるほど人気というのを聞いて、ドラマの名前を取って、金平糖、ゼリービーンズ、変わり玉のアメを混ぜた商品を作り「君の名は」と売り出した。これは、飛ぶように売れた。

十一時に店を閉めてから遅くに銭湯へ行くのが楽しみだった。近所のおばさんたちと背中を流し合ったり、おしゃべりをしたり、なるべく長く時間をつぶした。

家へ帰りたくない一心だった。銭湯の帰り道、東富橋がある。橋の真中に来ると、何回も何回もジィーッとたたずんで川面を見つめた。

（川に飛び込んで死んでしまいたい。お母さん、なんで私一人を残して死んでしまったの。私も連れて行って）

と心の中で毎回叫んでいた。

川面に映る両側の家々の明かりを見つめ、あの家の明かりの中は温かい家庭があるんだろうなーと一人勝手に思いをめぐらせ、このまま身をおどらせて川に飛び込んだらどんなに楽だろう、亡き母睦のところへ行きたいと思った。

その行動を思いとどまったのは、私が川に身を投げたら世間の人は悪口を言い、父も何と言われるかということだった。自分のことよりも残される人のことを思ってしまう。

自殺を我慢してからというもの、自殺する人はこの世で一番我がままな人なんだと気づいてしまった。

こんなにいろいろなことがあっても、父は生活のため働くだけで精一杯で、何ひとつ気づいていなかったのだ。

私はもう本当に「すべてが嫌だ」と思い、ある日、やけっぱちの気持ちで店を開けないで登校した。そうすれば、久里子が仕方なく店を開けているだろうと思っていたら、三時頃に学校から帰ってビックリした。店は閉まったまま。中に入ると昼間なのに真っ暗でシンとしていた。そんな時間に店を開けるのは恥ずかしかったけど、重い雨戸を一枚ずつ開けていくたびに店の中は明るくなり、私自身がホッとした。

けれど、そういう日が続くようになり、久里子は胃痙攣で寝込む日が続いて、もう店が開いていようが閉まっていようが、どうでもいい日が続いた。父はというと、四人の子持ちになって生活のため、家族の中で何があろうとも瓦煎餅を焼き、配達するのに一生懸命で、家族を気遣う心のゆとりがなかった。

夏は店頭でかき氷屋を始め、冬は焼き芋の屋台を引いて売り歩いた。「やき、イモ〜オ」と声を出している父が恥ずかしい年頃だった。でも、手伝いもした。味噌煎餅の形から、はみ出た耳を落として揃え、缶に詰めたり、粉を混ぜる時、卵や砂糖のタライを押さえたり。砂糖を煮つめるとプツプツとして熱くなるが、泡の出た水アメ状態を柱から突き出ている棒に引っかけ、伸ばすと引っ張るをくりかえす。透明だった水アメが白いアメになり、しかも熱いうちに、小指の太さに伸ばして瓦煎餅の芯にしていく。

ピーナッツは包丁でくだいて、生地にまぜ込んで焼く。混ぜる材料は空豆だったり、味噌だったりいろいろだが、本当の自然食品、健康食品だ。

父が仕事ひとすじなので、家庭内で棚を作りたい時などは久里子は器用に作ったり、縦の家具を横に使ったりした。物を見る目、工夫する目、考える目、これらは私も、ものを見る目を養うことになり、役に立った。一番困るのは、久里子の整理整頓ができない性分だ。見かねて私がきちんと片づけたりすると叱られる。つまり、「あんたが片づけると、どこに何があるかわからなくなる」というわけだ。

久里子は隠しているつもりだった婦人雑誌を私は見つけた。セックス相談があったりして、興味があって読んだ。言葉も知った。全然意味を理解できなかったが。

久里子は私がませていると判断したのか、ある時、珍しく二人で門前仲町に向かって歩いている時に、「あんたの母親が早く亡くなったのは、父の夜の生活が強かったから」と話しかけてきた。中学二年生の私は、そんなこと言われたって何も返答できない。「え？　何？　夜の生活って何」と聞くこともできなかった。

（変な親、そんなこと中二の娘に言うことなの？　何を言おうとしたのか？）と不思議な気持ちだった。

中学三年の修学旅行は、二泊三日の京都奈良だった。出発のその日の朝も自分で炊いたご飯でおにぎりを三個作った。なんの行事があっても久里子は知らん顔、梅干しも入らない、ただの団子状のおにぎりだ。海苔もないので塩味をつけて経木に包んでカバンに詰めこんだ。見送りもなく、ただただ無関心の家族。

（フン、こんなこと、慣れっこだわ）

そんな思いで出発した。列車の中でお昼ご飯になった。皆が食べはじめ、私も経木を開いて食べようとしたら、他の荷物につぶされて三個のおにぎりが大きな大きな一個のかたまりになってしまっていた。それを見た周囲の友達から笑い声が起こった。私も笑って――その大きなおにぎりにかぶりついた。けれど、笑いながら大粒の涙がポロポロ落ちてきた。かまってくれない継母を呪った。

みじめで、悲しくて、さみしい涙なのだった。

やさしさの中で幸せな日々

二学期になると、一気に高校進学へ向かって熱を帯びた勉強が始まった。私も向学心に燃えて猛勉強に取り組みはじめた。高校へ行こう！　と。

ところが継母は水を差してきた。私を家から追い出したいのか、「女中に行きなさい」と何が何でも住み込みの女中に行きなさいの一点張りで他の考えはないのだ。おとなしい私も久里子と喧嘩した。取っ組み合いの喧嘩だ。意見が合わなくて失望し、私は家出をした。父の弟、光輝叔父さんのところへころがり込んだ。錦糸町の近くの千田町という場所にいたのだ。

父が家業を捨て嫁を選んだせいで、宝屋は次男の光輝を後継ぎにした。祖父銀二は長男の嫁で苦労したので、千葉の親戚の身内から光輝の嫁を迎えた。ところが、光輝と一緒になった従姉の正子にも宝屋の嫁は務まらなくて、二人で家を出て、タバコと瓦煎餅屋をしていた。幼い男の子が二人いて、店も忙しく、手伝いを兼ねて私は居候した。もう学校なんか、どうでも良かった。叔父さんの家に置いてもらいたくて、「三学期はもうお休み」と行って学校を休んでいた。

私が休んでいるのを心配して、牡丹町の家に友人が訪ねてきてくれた。父がバイクで光輝叔父の家に飛んできて、学校へ行けるよう光輝を説得してくれた。それ以後、正子叔母さんに毎朝二十五円をもらって都電で学校へ通った。行きは時間がないから都電に乗ったが、帰りは子供心に考え、千田町まで四十五分歩き、帰りの十三円をためた。

私が苦労しながら残り少ない三学期を過ごしていたら、卒業後の進路が決まらない私一人を、担任の五十嵐康介先生が見かねて、声をかけてくれた。「うちへ来て、子守りと留守番をしてくれないか」と。

洋服は買ってやる。給金は一カ月三〇〇〇円、旅行にも一緒に連れて行くと条件を約束してくれた。嬉しかった。

尊敬する先生と一緒にいられるのは、ありがたかった。千田町の叔父さんにずっと迷惑をかけられないので、その話に乗った。五十嵐先生の家は南砂町の都営住宅にあった。近所では熱血先生で有名だ。近所の子供たちを集めてラジオ体操をしたり、叱る時は厳しく、常日頃はおおらかでやさしい先生で評判が良かった。

たった十五年の人生の中で、初めて安らかな気持ちで過ごせる日々だった。先生夫婦は共働きなので留守中、朝から先生が帰ってくる夕方まで二人の男の子と過ごした。

先生の妻、昭子さんも教師で、「おやつを買ってやって」と少しのお金を私に預けて出勤していく。私は近所の駄菓子屋に行ったりして、半分は遊んでいるようなものだ。ところが昭子さんは、節約のせいか服は買ってくれないし、給金も二〇〇〇円に値切られ、旅行は留守番となり、少しずつ私は不満が胸にたまっていた。

昭子先生の実家は荻窪の高台にある古くて大きいお屋敷で、父親は一級建築士。家族はプライドの高い人たちだった。その家には同年齢の「涼子」ちゃんという女の子がいて、我がままとは言わないが幸せに包まれて育っている印象だった。さらにその上の姉さんは働いていて、お休みには涼子ちゃんと一緒に私も映画に連れて行ってくれた。北海道のアイヌの暮らしを描いた『コタンの口笛』。悲しい場面で涼子ちゃんは映画館の中で大きい声でワーワーと泣いた。感受性の強い子だったのだろう。私はいつも感情を押し殺して生きてきたから、その様子に驚いた。

昭子先生の母親から買い物を頼まれた。少しお金を持たされ、油揚げを買った。おつりがあったので、ピーマンが安かったので気をきかせたつもりで買って帰った。すると「頼んだものだけ買ってくればいいのよ」と叱られた。大きなお屋敷で一級建築士といっても、生活のやりくりが大変なんだなーと感じた。

油揚げを甘辛く煮て、おかずにして、おいしいと言う。下町の深川でも、そういった料理をおかずにしたことがない。山の手の高級住宅地に住んでいても、見栄もあり、維持するのは大変なんだなーと油揚げひとつで大きな勉強になった。

人生ってすべてが勉強なんだ。少しの不満を持ちながら五十嵐先生での生活は八カ月続いた。


今までの人生で、川に漂う木の葉のように流されて、自分ではとどまれない。

宝屋では、長男も次男も家を出てしまい、あとを継ぐ人がいなくなってしまった。そこで、柳川で働いていた三男の文隆を呼び戻して、宝屋の跡取りにした。

文隆叔父さんは賢い。「都庁に勤める常子を家から出したら、跡を継ぐ」と条件を出した。銀二はその条件を受け入れた。常子は、青梅街道の姉の織江の近くに家を建て、引っ越して行った。文隆叔父さんは、兄二人のように瓦煎餅を焼き、オートバイで配達してお得意さんを回った。

背も高く、キリッとした男前で、押しが強い。でも、サッパリした性格だった。西銀座の角の店で、タバコ、お菓子、雑貨を売る松澤商店にも瓦煎餅を配達していた。その店は両親と姉妹で商っていて、父親の豊一郎が本来は着物仕立ての良い腕を持っていた。近くに新橋演舞場があり、そこの役者さんから着物の注文があり、店の一角、半畳のスペースで着物を仕立てながらタバコを売っている。役者さんや芸者さんから「おじさん、おじさん」と親しまれていた。

奥さんは「真理」といって、昔かたぎでやさしく、よく働く。気の合った夫婦だ。娘が二人いて、長女は「優子」。恋人が戦地で亡くなり、独身を貫いていた。妹は「園子」。非常に頭がよく、スラッとした色白美人。人あたりも良く、近所の会社の社長から求婚されたり、ハワイからも嫁に欲しいと頼まれる。良縁もたくさんあったのに躊躇していた。人形作りは先生級で、大川橋蔵や山本富士子の顔を作り、楽しんでいた。特に市川雷蔵が大好きで、文隆叔父さんは雷蔵に似ている。数ある縁談を断って、文隆叔父さんと園子さんは結婚した。

宝屋では、祖父銀二が肝臓ガンで亡くなってから、祖母のナツは弱ってきていた。

銀座のお嬢さんだった園子さんは二十八歳ですぐ妊娠した。文隆叔父さんは心配だった。恋女房を守るために私に「牡丹町に戻って、ばあちゃんの世話をしてほしい」と砂町まで頼みに来た。私にとっては、願ったりかなったりの話、どれほど牡丹町にいたかったか。

赤ん坊の頃からお世話になったばあちゃんのそばにいられるなんて夢のよう。急なことで、先生の家には申し訳ないけれど、心は早くも牡丹町に飛んでしまった。

文隆叔父さんは私の境遇を妻に話していたのだろう、とてもやさしく親切に私に接してくれた。文隆・園子夫婦はお互いに「ハニー」「ハニー」と呼び合って、甘く仲良かった。

初めて、結婚って良いものなんだなーっと一条の光が見えてきた。銀座の松澤商店は忙しく、園子叔母さんは実家へよく手伝いに行く。そして、必ず私にお土産を買ってきて心配りをしてくれた。ある時は素敵なピンクのセーター、靴やバッグ、食べたこともないおいしいお菓子。念願の旅行にも連れて行ってくれた。富士山が見える日本平、天女が羽衣をかけたという伝説の三保の松原へ。みんなで楽しくお弁当を食べて、こういう幸せは初めて味わった。

銀座の店は東京宝塚劇場にも近く、園子さん姉妹は大ファンで長年観劇を続けている。春野八千代の時代から越路吹雪、寿美花代、と代々のファンだ。夢の世界。私も誘ってもらった。前の方の席で観られ、憧れの世界にひたった。

私の日常は、牡丹町の店番と、足が弱くなって一人では歩けないばあちゃんと手を取り合っての町内散歩。ご飯を一緒に食べて、掃除をして過ごしていた。主に留守番だ。

園子さんの第一子は女の子で「紬」、二年後、男の子が生まれ、「直春」と名付けられた。つわりがひどくて血を吐くほどだった。

私は店番をしながら、生地を買ってきて門前の小僧。見よう見まねで自分の洋服を作りはじめた。すべて自己流で一生懸命作った。そんな私の姿を見た文隆叔父さんは、夜学の洋裁学校へ入れてくれた。嬉しくて感謝の気持ちを伝え切れなかった。まだ駄目な私がいる。

洋裁学校は永代橋を渡ってすぐの新川一丁目にあり、嬉々として通った。製図の勉強から配色、乳児服、子供服、婦人服、紳士服と原型の移動、立体裁断と進んで、優子さん、園子さんから流行の服を注文された。外国の服飾雑誌「セブンティーン」の写真から、またはテレビのドラマの中のと同じデザインなど、どれも製図を起こし、仕立てることができるようになっていた。

洋裁学校へ通う時間帯に、夜学生と一緒にさぼって晴海のスケートリンクでおしゃべりをするなど、ちょっぴりイケナイこともしてしまった。私は不遇な頃を少しずつ忘れ、自信が湧いてきた。

年頃の娘が変化してゆくさまを、叔父夫婦は温かい眼差しで見守ってくれた。私の成長を楽しんでいたかもしれない。紬や直春が大きくなってからは家族で、夏は熱海から船で初島へバカンスに毎年行ったが、ばあちゃんの足がますます悪くなってきて、いつもそばに付いていなくてはいけないので、私は留守番の人になってしまった。それでも土・日曜には、三浦半島の観音崎に海水浴へ行った。そんな時は文隆叔父さんがばあちゃんの面倒を見ていてくれた。観音崎の家は親戚で、利幸ちゃんという年頃の男性がいた。私にプロポーズしてくれたけど、私は年上で頼りたい人がよかったので断った。利幸ちゃん、ごめんなさい。

その後は、裏千家の茶道を習いに行かせてくれた。園子さんは、お稽古の日に自分の着物をくれて、和服で茶道へ通った。いっとき私は、まるでお嬢様のような気分になってしまっていた。そういう幸せの中で、二十歳の成人式を迎えた。

三丁目にいる私を久里子は無視し続けていたのに、成人式に着物を仕立てて持ってきてくれた。その前に文隆夫婦に振り袖の着物を用意してもらっていたけど、叔父叔母は気を使って、「成人式は久里子にもらった着物を着て、次の正月にこちらの振り袖を着たら良い」と言ってくれて、その通りにした。間には初釜やお茶会のお手前をする時も着物を着た。幸せすぎて申し訳ない気持ちだった。

成人式も済み、一人前の社会人になったと自覚して、何か社会に役立つことはできないかと考えていたところ、新聞に社会奉仕をしているグループの記事を見つけた。商店の余った手ぬぐいを接ぎ合わせ浴衣にして施設へ送ったり、古い布団の綿を打ち直して新しく作り替えたり、手が行き届かない養護施設の花壇の手入れや、ガラス拭きなどの活動をしている協和会というグループだ。さっそく入会を申し込み、月一回の奉仕活動に参加した。すぐにやめるようなことになったら恥ずかしいので、文隆夫妻には内緒にした。

ところが、これが心配をかけることになってしまった。連絡事項など、男性からも便りが来たり、行き先も言わずに月一回の外出をしたので、変な男女交際でもしているのかと聞かれた。事実を話したらわかってくれて安心した。心配してくれる文隆夫妻の心がとても嬉しかった。

奉仕活動の中に、不要な服や本の寄付を募って、集まった品物をトラックに積んで、年二回、福島県の養護施設へ届けた。私たち数人は電車で行って、荷ほどきを手伝った。その愛育園は山の上にあった。親のいない子たちで愛情不足なのだろう、一対一で遊びたがる。

愛情を求める子供たちに胸が締めつけられる悲しみをひしひしと感じた。山の上の施設から帰る時、ふもとまで開けているので、いつまでも手を振って別れを惜しむ子供たちが見える。胸が熱くなり涙が出てきた。

大きくなって施設を出たあとも、どうぞ幸せになってねと、願わずにはいられなかった。


奉仕活動の友達は、他人を思いやる人ばかり。心の友として深く信頼し、友情を育んだ。男性だろうが女性だろうが気持ちはひとつという奉仕活動が続いて、普段はそれぞれ仕事に取り組んでいた。たまに山登り、ハイキングなど楽しいおつき合いがあった。私は宝塚にもお誘いした。

その宝塚の会報にペンフレンド募集欄があって、立川市に住まう工藤舞さんと連絡し合うようになった。観劇はいつもその人と一緒に行く。観劇に行く時は、園子さんも優子さんも、「この服にはこのアクセサリー、靴はこの色」と世話を焼いてくれた。こんな幸せがあるのだろうか？　私に華やかさが少しずつ出てきたようだった。

その工藤さんと、千駄ヶ谷にある青年社交ダンス教室へ通った。ワルツ、ルンバ、ドドンパ、チャチャチャ。タンゴは難しいけど一応踊れるようになって楽しかった。

明るくなったすみれ。自作のドレスでダンスパーティ

洋裁学校では、毎年一回ダンスパーティーが開催されて、自分で仕立てた服を着て行くのがルールだった。リードしてくれそうな若い素敵な男性にパートナーを申し込まれて踊った。気が合って、「蛍の光」が流れるまで一緒に楽しく踊った。息もピッタリ合って、別れるのが惜しい人だった。

でも、私は幸せに満たされた日々で、お高い人間になってしまっていて、「私はダンスに来たの。ボーイハントではないのよ」という姿勢を崩せず、目が合ったのに、その後の縁はなかった。馬鹿な私。

工藤さんと出会ってからというもの、宝塚オンリーになった。深夜から並んで観劇券を手に入れたり、大阪の大劇場にも夜行列車で行き、午前と午後の部と同じ演目を見て夜行列車で東京へ帰ったりした。そんな翌日は、とても眠かった。こんな好き勝手をしているのに、文隆夫妻は相変わらず私を大切にしてくれた。

ある時には、隣のうどん屋さんの二人の男性、クリーニング屋の男性、女子店員の今日子さんという商店街の若者が集まり、三ツ峠登山へ行った。夜半から懐中電灯を照らしながらの登山で、頂上でのご来光に感激した。楽しい登山だった。

今日子さんと長瀞へ二人で行ったり、奉仕活動グループと新宿御苑でお弁当を食べたり、本当にこんなに幸せな青春を送れるなんて夢のよう。

その今日子さんは、腎臓病で二年後、亡くなってしまった。

つらい介護の一方で、出会いがあった

足の弱ったばあちゃんと二人で腕を組んで、地方巡業の芝居を見に行くのが、ばあちゃんの楽しみで生き甲斐だった。洲崎に芝居小屋がかかると、二人で歩いて見に行

った。だが、ばあちゃんはますます足が弱って芝居も見に行けなくなり、夜のトイレで動けなくなる時もある。

それで、隣に寝る私とひもで手を結び、トイレに行く時に気がつくようにしたのに、ばあちゃんは気を使っているのか、ひもをほどいて一人で行ってしまう。

入浴する時は、文隆叔父さんと二人でばあちゃんを抱えて湯船につかる。一年に一回は脳内の細い血管が切れて意識がなくなり、部屋中にイビキを轟かせ、四、五日は寝たきりとなった。シモの世話をし、そんな症状が毎年続き、園子叔母さんも私も疲れきって、娘で独身の常子叔母に交代してもらった。常子は、そんな実母を情なく思うのか、ばあちゃんの肩を持って揺する。「母さん、しっかりしてよ」と。一晩看病しただけで、帰っていった。ばあちゃんの薬指から金の結婚指輪が抜き取られていた。

しばらくすると、ばあちゃんが私に向かってひどい言葉を投げかけるようになった。「恩知らず」と日に何回も言われて、私の心はしぼんだ。なんてつらい言葉だろう。母が亡くなり、ばあちゃんに苦労して育ててもらった私は、恩に感じるからオムツ換えも下の世話も頑張ったのに、「恩知らず」は本当につらかった。あまりにも続くので、文隆叔父さんに訴えた。すると、しばらく銀座の店へ手伝いに行かされた。叔父さんの好意だった。

銀座で店を手伝っていたら、私を見て「嫁さんに欲しい」と言ってくれた男性がいたらしいが、ばあちゃんのお世話をする立場の私を失ったら、文隆夫婦はとたんに困ってしまう。その縁談は、私に内緒にされていたことをあとで知った。当時の私の存在は、宝屋にとって欠かせないものだったと思う。今まで私を大切にし、やさしく接したのは、うがった見方をすれば介護のためだったのかしら？　でも、この期待に応えなくてはとも思う。今までの幸福はありがたかったし、忘れてはならない。自分に言い聞かせた。

宝屋の四男坊、公雄は日本大学に入学した。宝屋で大学へ行ったのは公雄だけなので家族は喜んでいた。なのに、兄弟七人の末っ子なので苦労を味わったこともなく、甘やかされて育った人だった。せっかく入った大学も勝手にやめて、証券会社に就職した。

世の中はうなぎのぼりに景気が良くなって、公雄叔父さんは株で儲け、毎晩のように外食し、お酒を飲む。爪楊枝を口にくわえ、千鳥足のほろ酔い気分で帰る叔父さんを見て、（ハァ〜株って儲かるんだなーと）観察していた。ところが、小豆相場に手を出してスッテンテンになり、ドン底に落ち込んだ。

私は、またしても（ハァ〜株はやりすぎると怖いんだー）と公雄さんの株の売買を観察して心にとめおいた。

公雄さんは、銀二の財産で母ナツのイトコの邦子と深川八幡宮で結婚をし、青梅街道の土地の一角に家を建ててもらい、暮らした。嫁になった邦子は独身の頃から腸が悪く、何度手術しても癒着してしまい入退院をくりかえした。子供ができないことを承知で、二人寄り添いながら支え合って暮らした。

四丁目の継母久里子は隣に住む弟、パン屋の宗典に宗教入信を勧められていた。弟は、体調不良の姉に宗教に入るよう、しつこく迫ったのだ。

久里子はとうとう弱って布団から起き上がれなくなり、父も途方にくれて、仕方なく宗教団体に入会することになった。入会の儀式で、教会の人が伏せっている久里子の前でお経を唱えだしたら、不思議なことに、あれほど起き上がれず動かなかった久里子が、いつの間にか正座して両手を合わせ、一緒に祈っていた。父も驚いてしまった。それ以来、二人は宗教にのめり込んでいった。店をほったらかして、本部に日参する。

相変わらず、ばあちゃんは私に「恩知らず」と言い続けて、つらくて、私は、よくしてもらった文隆夫妻の元を離れて逃げ出したくなっていた。この家から出て行く時は結婚という手段しかない。夫婦を傷つけないで、お世話になったこの家を出るのはしのびなかったけど、それが最良の選択と考えていた。

そう思っていても相手がいるわけでもないし、我慢、我慢と過ごしていた。私も二十四歳になっていて、このままでは手に職をつけなくてはと思い、父に相談した。すると、「美容師は旦那運に恵まれないから駄目」。車の免許を取りたいと言うと、「この時世に女が運転しなくても」と反対された。それなら、洋裁師になりたい、それもパリで。どんなに下働きからでもいい、やりたい、お針子から床を這ってでもしたいと願った。けれども無茶な願望でしかない。強く強く要求もできないし、我がままを主張できなかった。

しかし二十四歳という結婚適齢期は周囲もほっとけないのか？　友人から見合い話がきたりした。久里子の弟も見合い話を持ってきたが、久里子の親戚の人とはどう考えても嫌だった。

あれこれ見合い話があったのがきっかけで、私の心の中に宿っている人がいるのに気がついた。三浦半島へ毎年夏に海水浴に行った時出会った、浩ちゃん。手こぎの舟に乗せてくれて、三浦半島の灯台まで一周してくれた人。舟を漕いでくれるその姿がまぶしく感じた。信頼が心に根付いて好ましい人になった。交際を始めた。園子叔母さんにそのことを話すと、それじゃ見合いの形にしましょうと考えてくれた。

十月初め、浩ちゃんと遊園地で会うことになって、浮き浮きとして出かけた。浩ちゃんは築地の店の蒲鉾屋で働いていて、その日もなんとなくお魚の匂いが漂ってくるが、それさえも私には好ましく感じた。変に格好つけない男気に、嫌な気がしなかった。逆に嬉しかった。好きと思える人と会えて話もできて幸せな気分だった。

観覧車のゴンドラに乗っていた時、浩ちゃんが打ち明け話を始めた。「僕は今、両親のために家を建てているし、これからローンの返済もあるから、友達でいよう」と。私は、友達でいるのは嫌だと思ったが言葉に出せなかった。

それにしても、なぜ同じ境遇の人と出会うのだろう。彼の母も、父の再婚相手とは！

それでも私は交際を続けたかった。十二月に入り、浩ちゃんと会いたくて職場に電話しても、「忙しい」「時間が取れない」ばかりだった。悲しかったけど、正月に欠かせない蒲鉾の仕事だから当然だろうと我慢をした。

寒くなったのでマフラーを編んで届けようとセッセと編み物にいそしんだ。編んでいる間、心がホカホカ温くて楽しい気持ちだった。出来上がって、無性に会いたくなって仕事場まで届けに行った。

「今度いつ会える？」とたずねると、「忙しくて、ちょっとわからない」という返事。失望した。悲しかった。

仕事は大切だし、会える日を待つことにした。ところがしばらくして風の噂で耳に入ってきたのは、浩ちゃんは経営者のお嬢さんが好きらしいということだった。それで私は合点がいった。そういうことだったのか。だから私と会う時間をつくってくれなかったのか？　仕事場で毎日会うお嬢さんなら、私なんかとてもかなわない。残念だけど諦めるしかないと自分に言い聞かせた。

結婚に向けて

月一回の社会奉仕はずっと続けていて、私の定番活動になっていた。人材募集も呼びかけ、人数も増えて、いつの間にか私も役割ができ、会計をすることになった。会の運営のために会費を管理していたけど、毎回払わない人もいて、しつこく請求の葉書を出しては、会費を集めていた。

ところが、ある一人の男性は、いくら葉書を出しても支払ってくれない。何カ月も続けて出したが、いつも無視されていた。

それが、ある時、家まで会費を払いにきた。「出張続きで留守が多くてすみません」と言って、手土産持参で詫びてくれた。それ以後、彼は出張から帰るたびにお土産を持って来るようになり、私はいただきぱなしは嫌だったのでお返しの品物を渡した。それが誤解され、まるで交際しているみたいになってしまった。（困ったなー）と内心思う。

彼は、小山幹久。福島県出身の三十歳だ。ある時、「会社の課長から見合い話が出てきて勧められた」と言う。「私の従妹も結婚適齢期の人がいるから紹介するわ」ということで、二人の出会いの準備に取りかかる。

ところが小山さんは、「自分の友人も結婚相手を探しているから」と私の従妹と出会うことにしてほしいと頼まれて、四人で会うことになった。

当日は靖国神社の庭で紹介し合い、二組に分かれた。新カップルと紹介した私たちと別行動になった。しばらく歩いていると「従妹との縁談の話があった時はショックだった」と言った。私は小山さんを結婚の対象には、まったく考えていなかった。それがショックの原因だと言う。

「協和会の会費を催促されているうちに、出張の土産を届けて、いつの間にか君が心の中にいた」「幸せにするから、結婚してください」と言う。

エ〜ッと、びっくりした。考えてもいなかったし、友人の一人くらいとしてとらえていたのに。

彼は目立ちたがり屋のタイプで、心を引かれることはなかった。言葉や態度、決断力、清潔感、誠実さは少し感じは良かったけど……。

それというのも、男性というものの見方として、父と比べてしまうからだ。父はやさしいけれど、私が本当に迷った時に相談しても、いつも「お前の好きなようにしたらいい」と言うだけだ。気持ちが五分五分で決めかねているから相談しているのに、父としての意見や考え、進路のアドバイスは一切なかったのが不満だった。やさしさとは、ずるい逃げの姿勢なのかもしれないと思っていた。

その点、小山さんは、ハッキリ、キッパリ。自信にあふれた物言いを聞いた時、この人なら一生ついていけるかなーと心が変わった。

でも、本心は、ばあちゃんの「恩知らず」の言葉からも逃げ出したかったし、結婚で円満に牡丹町を離れられるという計算と打算のうえでプロポーズをＯＫしたのだった。父に言ったら、「お前が望んで選んだ人だから」とまたしてもあいまい。娘の選んだ人がどんな人かとか、性格は？　職業は？　とか考えないのかなーと思った。

その後、文隆夫妻に報告したら、「男が幸せにするから……などと言葉はなかなか言えないことだが、大丈夫か？」と言われた。

彼と対面してから、叔父夫婦は「自分たちが仲人になる」と言ってくれて、その気持ちがとってても嬉しかった。


まず費用を具体的に話し合ったら、小山さんは貯金がまったくないことがわかった。よくそんなんでプロポーズするわ、幸せにするわなんて言うわと思った。本人から、これから貯金するから一年間待ってほしいと頼まれてしまった。

牡丹町を離れるのが一年間遅くなってしまうが、しぶしぶ了解した。二人で費用を貯めることにした。会社の課長の家にも挨拶に行き、つき合いが始まった。

一回目のデートは上野不忍の池。彼は写真が趣味で、自分で現像する。一年間、結婚前提のつき合いが始まってから、時々彼の強引さに嫌気を起こし、この結婚はやめた方がいいのじゃないかと迷う心が湧いてきたし、言葉にして彼にも伝えた。

けれど彼は決断していて、少しの迷いもなかった。会社員は休日・祝日と休みが多いが、商売している店は月一回の休みしかなく、彼は家の方へたびたびデートを兼ねて遊びに来て、ばあちゃんと三人で店番をした。

文隆夫妻は子供二人を自分の出身小学校である泰明小学校へ入れたため、子供の登校時間から下校時間まで家族四人で車で銀座へ行き、親たちの実家の店の手伝いをして、深川へ帰ってくるのは毎晩十時過ぎ。寝るだけのために帰ってくる、そんな毎日のスケジュールだった。

いつも、私とばあちゃんは牡丹町の家の店番をしているが、売り上げはどんどん減って、先行きが心配な状態になっていた。そんな時、大阪から越してきたという菓子屋が開業した。五十メートルほどの先に市場があって、通りに面した入り口である。

さすが大阪商人、商売のやり方が違う。山のように積んだ袋詰めのお菓子三袋をまとめた値段が付いて、人だかりがしている。飛ぶようにお菓子が売れて、人の流れが変わってしまった。

宝屋は昔ながらの売り方で、ガラスのフタの番重を開けて注文の菓子をスコップですくい、秤にかけ、袋に詰めて、「いくら」というまどろっこしい売り方だ。それが敬遠されて、売り上げはどんどん落ちていった。

さらに四丁目の父のお菓子屋もやめざるを得なくなって、中華料理屋に店を貸してしまった。文隆叔父さんはこの頃、マージャンに夢中になって夜も帰ってこなくなった。徹夜して、翌朝すすけた顔で帰ってきて、子供二人と奥さんを銀座に送り、自分はマージャン屋に入りびたる生活が続いて、生活は荒れてしまった。

千葉から銀二、ナツと興した宝屋は、長男・肇と次男・光輝、三男・文隆兄弟で頑張ったのに、時代の流れというものか、とうとう閉店ということになってしまった。大阪商人の商魂は二軒の菓子屋をつぶしてしまった。

文隆叔父さんは、マージャン好きが高じて、閉めた店を改装し、マージャン屋を始めた。マージャン台とイスのセットを四卓用意した。マージャンは四人で一卓なので、三人で来店したら、叔父が入って相手をした。無精ひげのままのすすけた顔で、生活は荒れるばかり。

近所の商店の若者、サラリーマン、中には高校生まで来て、タバコの煙の中、朝方まで続けている。ばあちゃんは、奥の部屋でテレビを見るのが唯一の楽しみになっていた。

私の仕事は、マージャンに来たお客にお茶を出したり、ラーメンの注文があるとインスタントラーメンを作って出したり、卓を囲んだ時間を記入し、文隆叔父さんに報告すること。朝起きて、タバコ臭い空気の中、むせかえりながら、散乱した卓台、イス、灰皿、床を掃除し、空気を入れ替える。それらのことで昼近くなる。

昼からは、ばあちゃんと腕を組んで近所を散歩するが、ばあちゃんはだんだんと歩くことも大変になってきていた。

ある日、小山さんの姉の夫が、千葉船橋からバイクを飛ばして訪ねて来た。突然前ぶれもなくの訪問で驚いたけど、現実を見てもらった。まだ掃除前でとても汚い店だったが、仕方ない。多分、弟の嫁になる人がマージャン屋で生活していると聞いて、心配で見に来たのだろう。ばあちゃんと二人でいることを知って、義兄となる人は少し心をやわらげて帰っていった。

突然の出来事

結婚資金も少しずつ貯まって、そろそろ式場を探さなくてはと思う。招待状やハネムーンのスケジュール手配など忙しく過ごしていた矢先のことである。

結婚式一カ月前、ある日の夕方、仲人をお願いしている小山さんの会社の課長、久慈さんから電話が入った。まず、「驚かないで聞いてください」と言う。ドキドキした。「配電板の事故があって、小山さんが大やけどした。失明するかもしれません」と伝えられた。

その日は遅かったので翌日、入院している川崎病院へ行った。病院に入ると、目から頭から包帯を巻かれ、やけどで赤くはれ上がった顔をしている。手には、体の中を電気が走って抜けていったという部分の包帯、着ていた服はハサミで切って脱がせたという。そんな姿を見て、どうしたらいいのか、言葉もかけられず、何も考えられなかった。

翌日から川崎病院通いが始まった。本も読めない、テレビも新聞も見られない一日は長くて辛いだろう、話し相手になれるかしら、と思って通った。みかんの皮をむいて一粒ずつ口に入れたり……。

一週間が過ぎて、文隆叔父さんから「そんなに毎日行かなくてもいいんじゃないか?」と言われた。私が留守にしている毎日も大変なのだろう。けれど幹久さんは、私が見舞いに来るのを楽しみにしているし、二人の間でどっちを選択することもできなくて困った。本心は病院に行ってやりたいし、心の中で葛藤して、つらい立場になってしまった。仕方なく一日おきに病院へ行くことにしたけれど、もんもんとしていた。

後妻の久里子がわざわざ三丁目に来て、私の心を見透かすように「毎日病院に行ってやりなさいよ」と言った。自分の本心と継母の言葉に心が揺らぎ、「それじゃ四丁目に帰ったら、毎日病院へ通える」と思いつめて、やさしくしてくれた文隆夫妻に我がままを言った。

「実家へ帰してほしい！」

十五歳で家を出て、初めて実家へ帰ろうという気持ちになった。それというのも、「毎日病院へ行ってやりなさいね」の言葉が呪文になって、取り憑かれて事を選んでしまったのだ。

四丁目に帰ってからは、大っぴらに病院へ行けると喜んだ私だった。ところが久里子が文隆叔父さんと同じことを言った。

「そんなに毎日行かなくてもいいだろう」と。

青天の霹靂とは、こういうことなのか？　あんたのひと言で、やさしく接してくれた文隆叔父さんの家から実家に戻ったのに、私はなんと愚かなことをしてしまったのだろう。もう、取り返しがつかない。

小さい時の癖が、またぞろ出てきた。あきれて、思った言葉が出てこない。言い返せない、胸の中はくやしかったが、心の中で自分に言い聞かせた。我慢、我慢。結婚するまでの我慢とこらえた。

結婚一カ月前に事故になり、その後の病院通い、実家に戻って、と、どんどん日が迫ってくる中、いろいろな結婚の準備が私一人の肩にのしかかってきた。

九州一周のハネムーンはキャンセルして、幹久さんの郷里の福島の近く、袋田の滝近辺の旅館に予約して、その後、幹久さんの実家の那倉へ行くことに変更した。

住居のこと、家具のこと、式場探し、招待客の郵送、すべて一人でこなした。アドバイスもなく、疲れたけど、結婚式さえ済めば二人になり、ゆっくりできると、新生活を思い描きながら頑張った。

そのうち幹久さんは眼帯も取れて出歩けるようになり、横浜方面、鶴見区坂上にある岸谷の古い木造のアパートに住まいを決めた。見に行った時はガッカリした。夢も描けないような古い建物の六畳一間だった。悲しかったけれど仕方ないかと受け入れた。

配電板事故の少し前、福島の両親が千葉の娘の家に来た。私に会いたいとのことで、幹久さんと二人で義姉となる人の家に行った。姉のご主人は魚釣りが好きで、私たちのために朝からイワシを釣って、鮮度の良いイワシを焼いてくれた。何よりのご馳走だと思った。

姑は、私の境遇をあらかじめ聞いていたのだろう、会った瞬間、「苦労したねー」と、ねぎらってくれた。慈愛に満ちた幹久さんの両親、姉夫婦の心を感じ、自分の孤独や寂しさと比べて、帰り道になぜか涙がポロポロ流れてしまった。私も温かいところに身を置いてみたい、そんな私を見て、幹久さんは驚いた。涙の理由がわからないらしい。

私は幹久さんの家族の接し方、愛情深い行動に感動してしまっていた。それに比べて私の家族の冷たさに寂しさを感じ、自分が哀れだった。そんな涙だ。

結婚式場は園子叔母さんの助言で、上野にあるお料理のおいしい式場に決めた。貯まった貯金三十万円を持って、この金額で式を挙げられるように計画してくださいと頼んだ。

四丁目に戻ったものの、毎日が継母との感情の行き違いの中で、ぼろぼろに疲れ、早く結婚式が済むよう祈った。継母もストレスから寝込んでいた。私と久里子は一緒の方向を向けない、相反する間柄のようだ。

カレーを作ってと頼まれたので作ったら、久里子は怒っている。私はハテ、何を怒られているのかと思ったら、カレールーを一箱全部使ったと怒って言う。久里子が詩子に買ったワンピースが少し大きいと私に見せる。私は考えた。洋裁のできる私に見せるということは、直してということかな、と。久里子はきっと素直に私に頼めない性格なんだと判断して、私は直すことにした。ちょうど良い具合に直した服を着たところを見せたら、「誰も直してくれと頼んでないのに」ときた。頭がガーンと岩でたたかれた気持ちだ。一生懸命良かれと思って直したのに……。一事が万事、行き違い、考え違い、言葉のすれ違いのなせるわざなのだ。

生さぬ仲でも娘が結婚するというのに、なんの華やかさもなく、暗い毎日だった。式の前の晩、一応両手をつき、「お世話様になりました」と言ったら、継母は「やめてやめて」と逃げてしまった。私は唖然となった。

いよいよ結婚式の当日、朝早くから和装の肌着類を風呂敷包みに入れて、見送りもなく、ひっそりと上野の式場へ向かった。式場に着いて呼び鈴を押すと、「どちら様ですか」とたずねる。風呂敷包みを持った娘がポツンと立っている姿を見て、係らしい人は疑問に思ったのだろう。

「私は今日ここで結婚式を挙げる者です」と言ったら、一瞬驚いた顔をしたが、すぐに職業上の顔に戻り、案内してくれた。

我が身がみじめで悲しかった。付き添いもなく、花嫁になる者が一人で式場へ着くなんて。もし、私の生母が生きていたら、どんなに体調が悪くても今日だけはと付き添ってくれただろうに。

それから化粧をしてもらい、打ち掛けに文金高島田、角かくしと、支度ができ、控え室に連れて行かれた。人が来るのを待った。一人ポツンと花嫁姿でイスに腰掛けていた。

一番に来てくれたのは園子叔母さんと娘の紬ちゃんだった。嬉しかった。それから人が集まりだしてにぎわった。

お世話になったばあちゃんは体が弱って出席できなかったので、花嫁姿のまま文隆叔父さんの車に乗せてもらって、牡丹町のばあちゃんに見てもらった。けれど、以前のばあちゃんなら涙を流して喜んでくれただろうに、この日のばあちゃんはボォーッとしていて感動もなく、無表情だった。今で言う認知症になっていたのだ。

傷ついた心で式場に戻る。幹久さんの両親、親族も来た。特に母親は息子、幹久の顔を見て驚き、ハラハラと涙を流していた。幹久さんの顔は電気事故のため、やけどをしたので眉毛は焼けてなくなっていて、ところどころ皮膚が赤くまだらになっていた。本来の顔ではなかった。母親は初めて見る事故後の息子の顔にショックを受けていた。心配するからと誰にも伝えていなかったから、大事な結婚式で初めて見たのだ。

幹久さんが退院した時、「式の日取りを遅らせようか」と言ってくれたけど、私は招待状や引き出物、その他もろもろの手続きをまたやり直すのかと思うと辛くて、「このまま進めてほしい」と頼んでいたのだ。何よりも自分自身が限界だった。

式も済み、ハネムーンの先は退院したての幹久さんの体を考えて、茨城県の袋田温泉へ。それから幹久さんの実家の那倉へ行ったが、新婚さんなのに、土人となった人の顔を見るたびに怖くてゾッとした。

なぜ私はこの人と結婚したのだろう。私の父が言っていた。

「幹久さんは失明寸前だったけど、お前、失明してたらどうしたんだ」と。

「失明してたら結婚しないわ」と、私は答えた。

「冷てぇんだなー」

「ロマンチックなこと考えてらんないよ、大変な苦労しなければならないでしょ」

苦労は今までたくさんという思いだ。

病院では、目の膜もピンセットで一枚むいたそうで、それ以後、前よりよく見えるようになった。そのおかげで失明はまぬがれたのだ。


ハネムーンから横浜のアパートに帰ってきた。古い木造アパートでは、珍しく新婚さんが入るというので、周囲の人たちは興味津々だった。

アパートには、他に五世帯が住んでいた。二人の男の子のいる家族、津軽出身で、しょっつる鍋が大好きな家族、女の子が二人いる家族、山形県出身で言葉になまりがあって、理解するのに時間がかかる夫婦、二階のはずれには、年頃の娘二人を一人で育てながら働いているお母さん。アパートの入り口近くは、一人娘を目に入れてもいいほど可愛がる夫婦。この娘さんの寿命は、あと三年と医者に言われたそうで、溺愛してやまない。そういった面々だ。

やがて私は妊娠して、それをアパートの人たちは一緒に喜んでくれた。幹久さんは相変わらず出張ばかりだけど、寂しくはなかった。

鶴見では総持寺が近く、よく散歩に行った。近くの白旗公園には、ひと気もなく、桜が満開で花ビラが散る美しさに酔いしれた。おだやかな幸せが続いた。誰に気を使うこともない、初めての幸せ。幸せってこういうものなんだ。

妊娠を喜んで、深川から父母が来た。入り口近くのおばさんは継母の久里子を見て、「粋なお母さんね」と言っていた。従妹が来たり、会社の独身寮が近いので幹久さんの友人がよく寄ってくれた。私の十八番の料理は豚テキで、いつも作って食べてから友人たちとトランプや囲碁などをして楽しんだ。

妊娠五カ月になり、鶴見区の母親教室で母子手帳をもらった。偶然アパートが近くだったので友達になったのは広田静香さん。お互いにアパートを行き来するようになった。彼女は音楽大学出身で、美しい声で歌ってもらったり、お料理が上手で教えてもらったりした。私は洋裁が得意だったので、未来の赤ちゃんの洋服の仕立てを教えたりして、交流が深まっていった。

見知らぬ土地での子育て

産み月が近くなって、出産は牡丹町の実家へ帰ることになった。この時期に旧友と出会ったりして過ごしたが、夕方帰ってくると私の夕食はなかった。（エッ？　私の夕食は？　ないの？　こういう仕打ちをするの？）と思った。

きっと、行き先も言わず、帰りの時間も言わないで出かけた私に対する継母の行動だろう。私も悪いが、わけも言わず、教えることもしない、言葉の足りない親子だ。赤ちゃんが生まれたら、こうしよう、ああしようなんていう話もなく、出産の支度もない。私はひたすら出産を待った。

昭和四十五年一月三十一日の早朝、出産のおしるしがあった。

久里子と二人でお不動様の裏手にある牧田助産院へ向かった。牧田さんは辰田家代々、赤ちゃんを取り上げてもらう縁のあるところだった。継母が「出産は力を出して疲れるから、食事をしといたら」と言ったので、門前仲町の伊勢屋に入った。

お腹に力が入るよう食べた。産院に入ってもなかなか陣痛が始まらなくて、夜になった。産婆さんの牧田さんと一部屋に二組の布団を敷いて、隣り合って寝た。いつお産が始まってもいいような体勢を取ってくれた。

夜中にふと、自分が布団の中でおもらしした感じがして、先生にそのことを言ったら、「破水したのだわ」と先生はすぐ出産に取りかかってくれた。普通、赤ちゃんは羊水と一緒に流れるように出てくるのだが、私は先に破水してしまったので赤ちゃんはなかなか出てこない。苦しかった。力んでも力んでも駄目だった。

「先生、もう赤ちゃん諦めるわ」と言うと、「何言ってるの。赤ちゃんも苦しいのよ」と叱られた。

小さな赤ちゃんがお腹の中で苦しんでいると思うと勇気が湧いてきて、さらに頑張った。

生まれた。でも、泣き声がしない！

先生は赤ちゃんを手の中でうつ伏せにして、背中を力強くトントンとたたいた。まるで喉に詰まっていた物を吐き出したように堰を切って泣き出した。先生も私もホッとした。疲れで私は、深い沼に沈むように、安心して眠りについた。

おいしそうな匂いに気がついて目を覚ますと、枕元のお盆に食事が置いてあった。出産後の体に染み入るようにおいしく食べた。赤ちゃんも初湯につかってきれいになっていた。

慣れない授乳に苦労したり、せっかく飲んだ乳を弧を描くように吐いたり、戸惑いながらも育児のスタート。一週間後、牧田助産院を後にして牡丹町の実家へ帰った。

私と幹久さんの二人で考えて名を付けたいと考えていた。私は男の子だから強い子になってほしい願いから「武」にしようと言ったら、幹久さんはやさしく、やわらかい響きになるから、「彦を付けよう」それで「武彦」と二人で名前を決めた。

私たち二人が相談もなく勝手に命名したことに、久里子は腹を立てていた。自分は宗教の会で姓名判断の勉強をしていたのにひと言の相談もなかったと、くやしかったのか、赤ちゃんを毎日沐浴させるたびに、「この子は胸を悪くする」と悪魔の呪文をかけるみたいにくりかえした。沐浴のたびに言われ続けて、母乳の出が悪くなってしまった。

父は後妻に気がねしているのか、どんな時も無関心だ。父は、なんと心の醜い人と再婚したのだろう。継母にいじめられている時も、結婚する時も、孫ができても何も言わず、いつも他人事。「小股の切れ上がった粋な人」は、母性のこれっぽっちもない人なのに、外見だけで再婚相手に選んだのか。父もまた宝屋の御曹子として我を通す人なんだ。私は、もう両親を頼るまいと心に誓った。

生まれたばかりの可愛い我が子に沐浴のたびに「胸が悪くなる」と言われ続けて、私の産後の血の道がさらにおかしくなり、渦の中にいるように天井が回りだし、苦しくて、逃げるすべも考えられなかった。幹久さんに話したら、継母を責めることはせず、千葉の姉に助けを求めた。義姉は習志野の病院で看護師をしていた。私の状況を知って、船橋からタクシーで深川に来て、私と武彦と荷物を乗せ、鶴見のアパートへ連れ帰ってくれた。

幹久さんは出張の仕事があるため、さらに福島の母親へ、出産後しばらくお手伝いをお願いしたいと手紙で頼んだ。「我が息子の嫁は我が子と同じだから行きます」という返事。なんとありがたく、やさしさにあふれた気持ちだろう。その葉書を抱き締めながら、私は嬉しくてポロポロと涙を落とした。七十歳を過ぎた高齢で、遠い福島から横浜へ来てくれる。幹久さんは、どれほど安心したことだろう。

この愛情にあふれた言葉と、継母の呪いの差は何なのだろう。

一カ月後、近くの白旗神社でお宮参りを済ませ、義母は福島へ帰っていった。本当に拝む気持ちだった。その後、月日も過ぎ、武彦も一歳半になった。

ある日、仲人の久慈さんから招待を受けて、三人でお宅へ伺った。そこで思いもよらない話が出てきた。「小山さんに関西へ転勤してほしいんだけど」と問いかけられたのだ。私は先走って、勝手に了解の返事をしてしまった。普通は親や親戚、友人と離れるのが嫌で躊躇するのに。私に近いのは、鬼のような継母と、黙り込んで何も言わない、見ない父。関東に何も未練がなかったので、つい幹久さんの了解も得ず、「どこに住んでも一緒ですから」と答えてしまった。

もっと深く考えるべきだった。親がいるのに孤独だった私、転勤決定の瞬間だ。

それからは、引っ越しの荷作り準備でめまぐるしく動いた。母親教室でお友達になった静香さんが、お宅で送別会を開いてくれた。アパートの皆さんにお別れを言って、岸谷のバス停へ三人で歩いた時、隣の部屋の小学校六年生のみつきちゃんが涙を流しながら走ってきて、私に抱きついた。別れの実感があふれてきたのだろう。みつきちゃんとお姉ちゃんはお父さんのいない子で、お母さんは生活のため、水商売をしながら子育てをしていた。留守がちなので、よくうちに遊びに来ていて、まるで武彦と姉弟のようにころがり合い、ふざけて遊んでいたから、私たちがいなくなる寂しさがこみ上げてきたのだろう。やがてバスが来て、見えなくなるまで手を振り合った。

転居先は、兵庫県西宮のＦ電機の社宅だ。

荷ほどきをして、知り合いのない寂しさに改めて愕然とした。社宅は四階建てで、自宅は二階だったが、空がよく見える。伊丹空港から東へ向かう飛行機を見るたび、東京へ帰りたくなって、子供みたいに飛行機を見て涙が流れた。武彦は、そんな私を見て、「お母ちゃん、なんで泣いてるの」と言う。

買い物をするにも田畑の中、四十分間もバギーに武彦を乗せて歩かなければならない。

そのうち、団地の公園や、買い物などで少しずつお友達ができた。それぞれ場所は違っても、皆さんも転勤で社宅に入っていることがわかり、武彦が幼稚園に行くようになって、さらにおつき合いも広がり、深まり、生活に慣れてきた。社宅は野球で有名な報徳学園の前、横は武庫川で河川敷できれいに整地してあった。最寄り駅は阪急電車の甲東園駅で、数駅で終点の宝塚駅だ。不便だけど環境はとても良いところだ。

二人目の妊娠がわかる。お腹が空くと吐き気がするので、吐き気止めに、とりあえず食べ物を口につっこんでいたので、だんだんと太りだしてしまった。

甲東園駅の踏み切りを渡ったところに田中産院があり、そこにお世話になることにした。昭和四十七年二月三日、女児を出産した。この時もやはり福島の幹久さんの母に来てもらった。高齢で、さらに遠い西宮まで来てくれる。本当に頭が下がる思いだ。私の実家は、なしのつぶてだ。産後一カ月が過ぎて、義母も帰り、日常が過ぎていった。

兵庫県は日本海が近いので、冬になると車でカニを売りに来る。安く売っているので嬉しくて、よく買った。社宅を嫌う人もいるが、私には和気あいあいと楽しい生活だった。

私が出たあとの牡丹町宝屋の様子は、というと、文隆夫妻は相変わらず二人の子供を泰明小学校へ送り、銀座の店を手伝い、夜遅く帰宅する生活が続いていた。その間、ばあちゃんは一人きりになり、三畳間に座って仏壇を守り、小さな窓から外を眺めていた。昼食は、隣のうどん屋から出前が届いて食べていた。文隆叔父さんが注文しておいたのだ。

一日中座っているので足腰はさらに弱まって当然の毎日だった。文隆叔父さんは、三鷹の関町に住む四男の公雄夫婦に持参金を付けてばあちゃんを預けてしまった。公雄の妻、邦子は、ばあちゃんの妹の子なので、大切にしてくれた。手厚く面倒を見てくれて周囲は安心したけど、寝たきりになってしまった。

千葉から出てきて、銀二さんと店を切り盛りし、関東大震災や太平洋戦争を乗り越え、宝屋を大きくしてきたばあちゃん。奮闘した場所で死ねなかった。どんなに無念だったろう。

その頃、私は出産で、ばあちゃんの葬式にも行かれなかった。その後、公雄の奥さんも腸の長患いで亡くなり、公雄叔父さんは心臓を悪くして、働かず碁会所へ通う日々。食事は三食とも外食。銀二さんが買った土地を東京都へ半分売り、そのお金で暮らしていた。

家を建てる

社宅は十年したら出て行かなくてはならないという噂が伝わってきた。住まいというのは、東京では借り替えながら生きてゆくものと思っていた。ところが、団地の加瀬さんが「郵便局の財形貯金に入っていると、住宅資金の融資が受けられる」と言う。住宅に対して、未来の計画など何も考えていなかった私も同調して財形を始めた。

そんな時、三人目の子供を身ごもった。子供は三人欲しいと願っていたので嬉しかったけど、幹久さんは反対した。「子供が三人もいたら教育費はどうするんだ。老後の生活どうするんだ」とたたみかけてきた。（ハァ～教育費？　老後？）と思った。考えてもいない質問をされると、男の人は責任感から、そう考えるのがわかった。私は、いつもなりゆきで生きてきたし、子供とは親がなくても育つものという認識だったから驚いた。

私はただひたすら、自分が家庭を持ったら温かい家庭を築こう、子供たちとワイワイにぎやかに生きていこうと強く思っていた。

三人目が田中産院で産まれた。昭和五十年五月二日、女の子で、ちょうど五月の連休だったため、今度は主人と力を合わせて、産後を過ごした。

それから半年後、いよいよ社宅を出る準備を考え出した。主人は相変わらず出張ばかりだし、私がしなくては――。新聞の住宅広告を見ては応募し続けた。

その中、日本電建の社員二人が訪ねてきて、明石にいい土地があると勧めてくれた。西宮に住みたかったけど、文教地区で、土地代が高くて手が出せなかった。偶然始めた財形貯蓄が大いに役に立った。会社からローンも借り、金融公庫からも借りることになって、なんとか先行きが見えてきた。


角住駅から明石の土地を見に行くと、道端に「まむしに注意」と立て看板があって、ゾッとした。駅から家の土地まで歩いて四十分もかかった。前は、いちじく畑だったという土地は、ほとんど住む人が決まってしまい、一番北側の瀬戸川沿いの場所しか空いていなかった。北向きでガッカリしたけど、もうここに決めようと思った。社宅は南向きだったので、陽ざしが暖かく、日光の大切さを実感できたのだけど。

ところが、会社と金融公庫の審査が終わっておらず、土地の持ち主から「すぐ土地代を払ってくれないと困る」と言われた。住む場所もご縁だし、お金の工面ができないなら仕方ない、持ち家は諦めるしかない、と決めた矢先に、公園の前の四十坪ほどがキャンセルになったと連絡が入った。東側は公園、南側は畑地、北側は六メートル道路と、条件も川のそばの北向きより良く、願ったりかなったりだった。けれど資金繰りが……と悩んでいたところ、会社のローンも公庫も審査が下りた。

まるで縁談がスッスッとまとまるように、家のご縁もまとまるものだと思った。幸運を感じた。

それからの私は、明けても暮れても方眼紙に家の間取り図を書き、それに没頭した。最終的には縁起を担いで、方位を見て間取りを決めた。方位にこだわるのは、二十歳の頃出逢った大工の井沢さんと知り合った時、方位の大切さを聞きかじったからだ。「方位を侮ると良くないことが起きる」などの言葉が、頭の引き出しにしまってあったらしく、いざ自分の家を造ることになった時に役立った。人との出会いに無駄はない。間取り図を書くついでに素人の私でもわかるよう、鳥瞰図も書いて楽しんでいたら、電建の人に驚かれた。「仕事にしたら？」と勧められてしまった。

主人は出張中だし、地鎮祭は、子供三人を連れて母子で行った。西宮から明石までたびたび見に来たけど、しんどかった。

台所は西向きのはずだったのに北向きに出来上がっている。自分の設計だったので違いがよくわかった。聞くと、大工さんが「お隣から苦情で、玄関の前に換気扇の匂いが入ってくるのは嫌だと言われた」とのことだった。大工さんも無断だったので少し腹は立ったが、重大なことではないと自分を納得させた。

どんどん建築は進んで、入居という段階になったら、電建の人が、「家の近くの電柱は動かせるんだよ」と教えてくれた。あと先のことも考えず、「それじゃ移動してください」と頼んだ。太くて大きい電柱は、お隣の横へ移動した。多分、建築中、お隣が何かと大工さんに口うるさくて困っていたのだろう。天に唾すれば自分に返る。諺のごとくである。

ところが、電線を引く時、お隣から「この電柱から電線は引かせない」と拒否された。私も天に唾だろうか？　困ったと悩んだが、さすが電力会社だ。東側の公園を横切って、お向かいの電柱から長々と引いてくれ、我が家に電気が通った。その後、隣のおばあさんが「お宅のテレビのアンテナからうちの庭に雨の雫が落ちてくる」と言いがかりをつけてきた。穏便に済まそうとお詫びの気持ちで、心ばかりの贈り物を届けたら、その倍もするコーヒーセットの箱詰めが返ってきた。私は、（あー深くつき合いたくない表現なんだ）と思い、当たらず触らず、挨拶だけにとどめるようにした。おばあさんはチャイムも鳴らさず、ずかずかと家の中に入り込むようになって嫌だった。「うちに来る時はチャイムを鳴らしてください」とハッキリ、キッパリ言ってから、おばあさんは来なくなった。

子供が小さい頃の暮らし

西宮では、社宅から歩いて二分のところに段上小学校があり、武彦は一学期だけ通学した。下の真美も一里山幼稚園に通園し、それぞれに友達ができた頃、五月に明石の新築の家へ引っ越した。明石では園児三十人の通園付き添い当番がある。片道四十分かかる。それでも、かえって足も鍛えられて、子供も丈夫になった。

三人目の子供は、まだ一歳半なので、おんぶして当番を務めた。三十名の幼児を無事に往復させるのは、神経を使う。中には怖い主婦もいて、ピリピリしながら緊張して役目を済ませた。一方、当番をすることによって気の合う楽しいおしゃべり友達ができた。新年会や誕生会などといって、集まった。

四年後、瀬戸川沿いに小学校が建てられ、武彦が四年生、真美が二年生、亜紀が幼稚園生の時である。歩いて五分という近くに通うことができた。自宅は公園の前なので、幼稚園の保護者七人と仲良くなり、ケーキ作りやパン作り、編み物など、楽しくて有意義な日々が訪れた。

家のローンもあって、タッパーウェアの仕事を始めた。ホームパーティーを開いて料理の実演をし、タッパーを売る仕事だ。毎週月曜日の三の宮の会場へ集い、その週の売り上げランクごとに発表され、上位の人は女性が喜びそうなアクセサリーやカバンがご褒美として贈られる。だが、私は押しが弱くて、売り上げは上がらなかった。毎週JRで三の宮へ通う交通費も負担だった。

それで電建さんに言われた、設計図の仕事もやりたかったけれど、通信教育費のうえ、製図道具も机も揃えなくてはならず、三万円必要だとわかる。その三万円を工面することもできず、諦めた。

それでも、明石は海も山も近くにあるので、家族で自転車を連ねて貝やワカメを取り、イワシを釣った。食費節約にも役立ち、体にも良いしと楽しかった。主人は夏はタコ、夜は太刀魚を釣った。山方面に行くと、春はワラビやセリ、たらの芽を摘み、タケノコ掘り、栗拾いなど、自然の中でたくさん遊び、明石がだんだん好きになってきた。台風の通り道と思い、覚悟していたのだが、台風直撃もなく温暖な地域であることもわかってきた。瀬戸川沿いなので、水がきれいなのだろう。ホタルが飛んでいるのには感動した。水田ではカブトガニがうようよ泳いでいて、都会育ちの私は感激することばかりだった。

家の支払いローンを組む時に、残業代や出張手当を含む返済計画を立ててしまったので、四苦八苦のやりくりだ。収入からローンや経費を差し引いて、残りが生活費だったが、残った金額を三十日で割ると、五人家族で一日五〇〇円で生活しなければならない。買い物は子供たちを連れてはいけない。欲しい物があっても買ってやる余裕がないからだ。幸いなことに洋服は、私の服をほどいて子供服に直せる手があったから、「いつも可愛い服を着せて、どこのお嬢さんかと思った」などと言われた。

タッパーの販売は、経費と交通費がかかるので大した収入にはつながらず、何か別のことをと考えていた。亜紀の入学前の三カ月、友人から近くの喫茶店でパート店員を募集していると聞き、さっそく主人に打診した。最初は反対していたが、窮状を訴えるとしぶしぶ許してくれた。

亜紀の入学までは、まだ三カ月ある。悩んでいたら近所の友人が「面倒見てあげる」と協力してくれた。早朝、モーニングの時間帯なので、なんとか働けた。気がつくとモーニングのお客様は雨が降っていても大風の時でも、決まった時間に一杯のコーヒーを飲みに来られる。

三カ月後、亜紀も一年生になり、ランチの忙しい時間が過ぎるまで働くことができた。ある日、忙しいランチタイムの時、急須のフタが見つからず、お客様は入ってこられるしで、フタなしで次々とお茶を入れていたら、ママにきついひと言を言われた。「この人は母親が早く死んだから、しつけられていないのよ」と。

つらい言葉だったが、実際当たっている。（そーなんだ、私は自分勝手に生きてきて、〝しつけ〟をされていないのだ）と悟った。一生懸命生きてきたけれど、私はそういう人間なんだと改めて思った。兄妹のつながりでも、先妻の子の私と、後妻の子三人で、嫌なことがあっても父のため仲良くするのが親孝行と強く思って行動するのが精一杯だった。現に、父の弟光輝は「兄ちゃんの子供たちは仲が良くてうらやましいなー」などと言ってた。

こんなふうに、しつけられていないにもかかわらず、主人を大切に思い、足や手を出せば爪を切ったり、出勤の時は靴下をはかせたりしていた私。ヒザに頭を載せてくれば耳掃除をして、それが当たり前だった。そのせいかどうか、主人は横暴、傍若無人になり、言葉も命令調。何かと説教口調になり、理論を振り回し、私は感情で物を言う方なので理論に負かされ、だんだんと会話がなくなった。子供たちも夕食が済むと、そそくさと各自、二階の自室にこもってしまい、寂しい家庭になってしまった。

家庭を持ったら、明るく春風のようなやさしさに満ちた家庭にしたいと思っていたのに、無念な気持ちだった。

それでも三人の子供たちが昼間、友達を連れてきてワイワイと手作りのお菓子を囲んでいるのを見ると、幸せを感じた。

主人のイランへの出張が決まった。会社では、全国初と言っていいくらいの海外出張だ。イランは政情が不安な時だった。ちょうど大使館の襲撃騒動があって、テレビ、新聞でニュースになり、心配した。だが、手紙を出しても主人の手に入るのは一カ月後くらいと言われ、一カ月たてば帰国している頃なので、気にはなるけど待つことにした。

海外出張がよほどこたえたのか、帰国してから主人は職場の上級試験の勉強を始めた。上役から出張を申し付けられるより、自分が海外出張の割り当てをする人間になりたいと強く思ったようだ。そして、試験に受かり、肩書きは課長になった。残業手当がなくなり、出張もなくなり、課長としての給料は多少増えたが、やはり家計は火の車だった。子供たち三人の教育費がかさんできていた。


私のやりくりは、懸命な努力を続行中。喫茶店で働いていたところ、食堂の経営者から「うちで働いてほしい」と頼まれて、食堂の仕事に替わった。そこは日給で、毎日帰る時にお給金をいただく。私にとって日給はありがたいことだった。そこで働いているパートさんは四人いて、みんな気の良い人ばかり。一年に一回旅行に行き、それぞれが別の仕事に替わっても会食したりして、四十年の長きに亘っておつき合いしている。

食堂の仕事を始めた頃、主人は部長職になった。大学も出ていないのに頑張った。

両親、家族のその後

父は二十四歳で胃を半分取る手術をしたが、ストレスのせいだろうか、四十五歳の時、また胃の手術をした。七十五歳には肛門の近くにポリープができ、肛門を閉じて脇腹に袋を取りつける手術をした。自分できちんと手当てをし、日常生活はごく普通に暮らしていた。どんな病気の時も、「先生が早く病気を見つけてくれて助かった」と喜んでいた。

若い頃から五十年も写真の趣味を続け、表彰されたこともある。手先が器用なのか、篆刻をし、私に素敵な印を作ってくれた。社交ダンスも続け、ペアを組んだ時、相手の女性が嫌な顔をした時は、「何くそ、上手になってやる」と、さらに奮起する父だった。七十歳から八十歳の間は千葉での伝馬船をこぐのが上手だったため、横十間川で手こぎの舟に観光客を乗せて活躍した。九十歳の時は前立腺ガンの手術もした。日記替わりの手帳には、毎日細かい字で書き込んでいた。

公雄さんの株の売買を黙って見ていた私は、いつか自分もやりたいと思っていた。それで少しずつ始めた。一番身近でよく買い物へ行くジャスコの株を底値の時に買って、上がると売るをくりかえし、その差額を貯めては父と九州旅行、詩子も加わって東北旅行、沖縄と、旅行の好きな父と楽しんだ。父はとても喜んでくれた。

自分も楽しみながら親孝行ができた。従妹と三人で香港へ行ったり、友人とトルコ旅行をしたり、厳しい生活の中でも旅行に行ける幸せ。その知恵を、叔父からいただいた。

父は久里子とも旅行に行きたかったのだが、久里子は乗り物酔いをするので、嫌がって行かなかった。だから、明石の家も来たことがない。近所の医者から胃痙攣と長年診断されていたのに、乳ガンとわかり、東大病院で緊急手術した。湯タンポの大きさほどのガンを取るくらいの手術だった。

ちょうどその頃、詩子は高校を卒業して、事務職に決まった。ただ、「しばらく自宅待機」と言われて、母親の介護に付き添っていた。毎日看病をしている詩子の気晴らしに連れ出そうと思い、近くの後楽園遊園地で遊んだ。私は、見舞いを兼ねて、関西から子供三人を連れてきたのだ。久里子の病室に帰ったら、詩子に「子守り、大変だっただろう」と言う。私の思いと全然受け取り方が違う。変わらないのだ。何年たっても、すれ違いは続いていた。

乳ガンの手術は成功したのだけれど、血清肝炎になって、久里子はあっけなく亡くなってしまった。葬式も済んでから詩子は事務職の仕事に行くようになった。なんという天の配慮、久里子の介護のための自宅待機期間だったのだろうか。詩子はその後、仕事仲間とスキーへ行って、そこで知り合った男性と結婚した。

久里子が亡くなり、詩子が家を出て、実家は父と弟の男二人所帯になってしまった。そこで、弟に見合いをさせることにした。東京から明石まで来てもらい、うちで会うことにした。相手の娘さんは、弟を頼りなく思ったのか、縁談は成立しなかった。それどころか、娘さんの母親が女優の山本富士子に似ていて、父が気に入ってしまった。

だが、私は父を叱った。「息子の縁談が先でしょう」と。女に弱い父だった。

私たち夫婦のこれから

ある時、子供のしつけをめぐって主人と口論した。私は言葉で上手に言いたいことを伝えられない。かたや主人は理論的・高圧的・威圧的に言ってくるので、私は感情が先走って口で言えない分、涙が出てしまう。涙を見た主人は、「泣くのは甘えているからだ」と言う。一瞬、思考が止まった。

(じゃ、誰に甘えるの？　他の男性？)

心の中で叫んだが、それからは涙一滴、目にたまることはなかった。今も……。

それからは、もうこんな人とは一緒にいられないと思い、両手に大きいカバンを持ち、夏服と冬服を入れて、夜十時頃家を出た。東へ行こうか西へ行こうかと迷いながら西へ向かった。

明石のキャッスルホテルは、女性一人でも泊めてくれると絵手紙の友人から聞いていたので、キャッスルホテルに行った。感情の嵐のまま家を飛び出したので、手持ちの金銭が少ない。明日銀行で下ろそうと考えたが、翌日はあいにく日曜日で下ろせない。じゃあ明日と思ったら祝日だった。

節約しなければならず、何もすることがなくて、退屈した。つらくなってきて、荷物を持って喫茶店に入った。店内は満員で、一人のおばあさんに相席させてもらった。おばあさんは、私の荷物をジロジロ見る。私は、その視線を感じてバツが悪く、おばあさんに「私、家出をしてきたの」と言った。おばあさんは「理由は？」と聞いてくる。話したあと、「あんさん、帰りなはれ」「うちの娘は結婚式の日、他の女がいることがわかった。あんさんの苦労はささいなことや。帰りなはれ」と言う。

何度も言われているうちに、自分は小さいことにこだわっていると気がつき、ふと、帰ろうかなと考えが変わってきていた。他には、自治会の婦人部の会計をしていたので、他人様のお金を預かったままではいけないという責任感から、家へ帰ることにした。小さい声で玄関を開け、「ただいま」と言うと、主人が台所から「今、ソーメンゆでてるけど食べるか？」と日常そのままに言ってきた。

（この人は、私が家出するほど悩んでも、何もわかっていないのだわ）

少し失望したけど、男の強がりかな？　私への信頼なのか？　何をどこで、どうしていたかも聞かず、家出の理由も話し合うことなく、日常の生活に戻っていった。

矢のように時は過ぎ、子供たち三人は、それぞれ自分の目標に向かって巣立っていった。

長男はイギリスのマン島へ。レースのメッカだ。国際A級の資格を取って、即死だったかもしれないほどの事故に遭ったが、数年後、バイクレーサーのイベント会社を設立して社長になった。

長女は結婚したけれど子供に恵まれず、エアリアルヨガの資格を取ってインストラクターをしている。

次女は、中学で美術部、高校でコンピューターの勉強をし、漫画家やイラストレーターとして東京で独立して生活している。アルバイトで入った、某ゲーム会社で世界的に有名なゲームの製作スタッフに選ばれ、一年間ハワイで仕事した。子供たちはなんの心配もない。

一九九五年一月十七日、阪神大震災の時は、主人は社員や会社を見回るので大変だった。地震が起きた時、私は布団から立とうと手をついたけど、立ち上がれないほど揺れていた。すぐテレビをつけてニュースを見た。阪神高速道路が長々と横倒しになっているのを見て、ジッとしていられず、明石市役所へ駆け付けた。何かお手伝いができることはないかと聞いたら、とりあえずボランティア登録してくださいと言われ、すぐにした。ボランティアで私の役目は被災者宅を訪問し、聞き取りをすることだった。仮設住宅になっても、訪ねていった。

そこで他のボランティア四人と共同で調査をすることになった。やがて被災者は仮設住宅から高層住宅に移ったが、人と人のつながりがないため、私たち五人は集会所でお茶会や小物作りをして、人々が輪になれるよう活躍した。その活動は二十年近く続いた。だが、ボランティアの私たちも年を重ね、不調が出てきた。それで解散したのだが、長年一緒だったので、消滅するのも寂しい。解散から五年過ぎた今でも、月一回の食事会で会っている。

主人が定年になり、毎日家にいる。気持ちよく二人で生活するために、私は自分を改革しようと思った。それは、心で思った時はすぐ言葉を発する。胸の内をしゃべることだった。勇気を出して話した。

すると、なんと気持ちよく、腹の中が空っぽになり、こだわりがないことに気がついた。そーか、主人は深く考えもせず言葉を発するけど、腹には何もないんだと感じた。

長い間、自分は言いたいことがうまく言えず、もやもやが少しずつたまって、こらえ切れずに爆発していたのだとわかった。

ある日の会話である。私は耳が悪く、会話が聞き取りにくいのだ。主人が怒って、「補聴器をつけろよ」と言う。すかさず、「あんたも差し歯を入れて話してよ。空気が漏れて聞き取りにくいのよ」と返した。自分で、してやったりと快感だった。

また、ある晩、口喧嘩になり、主人が私に向かって、「うるさい！　出て行け」と怒鳴った。この頃私は、我慢しないで、あれこれ言うからだ。その時は、今言っても売り言葉買い言葉になると判断して、ふて寝をした。

翌朝、孫を預かって離乳食を食べさせながら、「お父さん、夕べ、うるさい、出て行けと私に言ったけど、出て行ったら孫に離乳食食べさせてくれるの？」と聞いた。そうしたら主人は小さい声で、「言い過ぎた」と言う。私はまだ許さない。「言い過ぎたと思うなら『ごめんなさい』と言ってほしい」と頼んだ。主人はさらに小さい声で、「ごめんなさい」と言った。私の心の中は青空が広がるように晴れ上がっていった。許せる気持ちになった。

しかし、主人も素直な人だなーと見直した。

何かの本を読んで、「対者我鏡《たいしゃがきょう》」という言葉に出会った。良くも悪くも、対する人は、自分の心が反応する鏡なのだということがよくわかった。言葉は、その時の状態、場所、言い方があると強く思った。

もうひとつ大切なことに気を配っている。会話の最後は笑いで閉めるということ。

絵手紙、押し絵、しの笛、洋裁、編み物と続けてきた趣味の最後はシャンソンだった。だが、老化によるしわがれ声で、とうとうやめた。いろいろな趣味を通して知り合った友人たちにも知識をいただけて幸せだ。三十五年間の趣味の集大成をしようと思い、「我がまま展示会」と称して、家の前の公園の集会室を借りて展示した。

その日は大雨、強い風でひどい天気だった。急遽、家と集会室、ガレージ、二階も使って展示した。主人も雨よけにシートを張ってくれた。接待をしてくれる人、手作りの和菓子をたくさん持参してくれる人、しの笛を吹いてくださる人……。あいにくの天候なのに八十二人の方が見に来てくださり、手元にあった趣味の作品を持ち帰っていただいて、家の中も気持ちもスッキリした。

あとがき

「その時その時、最善の努力」

この言葉を教えてくれたのは、小学校六年生の時の担任の力丸先生。教室のスローガンだった。何気なく唱えていた言葉の深い深い意味が心の中に染み込んできたのは、ローン返済の苦しい時だった。自分は今、最善の努力をしているのか？　自問自答しては、最善の努力を目ざして頑張ってきた。

父は三年前、一〇一歳で亡くなったが、以前から「俺に文才があったら瓦煎餅盛衰記を書くんだけどなァ」と言っていた。その言葉が忘れられず、文才なんかない私が書けるところまで書いてみようと始めた。

自然と自分史に移行してしまったが、言葉が少なかった父は「小股の切れ上がった粋な人」と再婚でき、生活は大変だったけど幸せだったのだろう。前向きな父が一度だけ後ろを振り返ったことは、私に対して「お前は宝屋にいたらお嬢様でいられたのに」と言ったことだ。父の私への詫び言葉と受け取った。父は黙っていたけど、私を見ていたのだ、と父の深い愛情を感じた。

私という人間の根本は、群馬の祖父の温かいやさしさ、祖母の凛とした気性、母の責任感、父の前向きな姿勢、深川の祖父の開拓精神、祖母の頑張りである。すべての精神をいただいて、今の私がある。ひとつの無駄もない、人生ひとつながりだ。

後妻の久里子の生きざまも、両親から受けついだ流れだったのだろうか？　反面教師として受け取り、人にはやさしく思いやりを持って接すると学んだ。

この頃、思う。過去を振り返ってみて、「人はこの世で生きている役目がある」と。私はそれを書き残せることができただろうか？　私の生きている役目だったのだろうか。

書き終わって心の底から、すべてに感謝できます。ありがとうございました。合掌。

著者プロフィール

小山 すみれ（こやま すみれ）

昭和18年8月18日生まれ
東京都出身、兵庫県在住
中央服装学園卒業

前向け！前

2020年7月15日　初版第1刷発行

著　者　小山 すみれ
発行者　瓜谷 綱延
発行所　株式会社文芸社
〒160-0022　東京都新宿区新宿1－10－1
電話　03-5369-3060（代表）
03-5369-2299（販売）

印刷所　株式会社フクイン

ISBN978-4-286-21700-0